Alexander Häusser

MEMORY

© 2014 bei Alexander Häusser und Timon Verlag, Hamburg

Alle Rechte vorbehalten.

ISBN 978-3-938335-34-5

www.timonverlag.de

ALEXANDER HÄUSSER

MEMORY

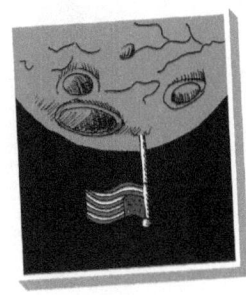

Mit einem Nachwort von
Peter Henning

I

Draußen fahren die S-Bahnen und jede halbe Stunde der Schnellzug nach Lübeck. Manchmal sieht man graue Hubschrauber, die zum Marienkrankenhaus fliegen. Zur Feierabendzeit kann man den Verkehr vom Ring hören. Und ich habe das Gefühl, die U-Bahn zu spüren. Dann schwankt der Boden ein wenig, und ich muss mich festhalten. Vielleicht ist auch ganz Hamburg auf Pontons gebaut; vielleicht steigen alle Häuser mit der Flut und sinken bei Ebbe wieder ab. Aber das bilde ich mir sicher ein.

Ich wollte Lehrer werden. Ich habe studiert und geheiratet. Wir hätten Kinder haben können. Es wäre jetzt schon spät gewesen, aber es hätte noch gereicht. Ich kann mit der Krankheit nichts anfangen. Wenn Siever von einer Geschwulst geredet hätte, wenn er gesagt hätte, man müsse sehen, ob sie bösartig sei; wenn es Krebs gewesen wäre – ich hätte wenigstens Angst bekommen können. Doch alt zu sein mit fünfunddreißig Jahren, den Körper eines Sechzigjährigen zu haben – Spritzen halfen nicht.

Jedesmal fragt Ingrid, was der Arzt gesagt habe, wird es denn besser. Ich kann ihr doch nicht erzählen, dass es an mir liegt; dass

Siever mit mir spricht, um herauszufinden, warum mir die Bereitschaft fehlt, gesund zu bleiben.

Positive Einstellung, innere Bereitschaft – ich habe gelacht. Das falle den Ärzten immer ein, wenn sie nicht mehr weiterwissen; das war bei meinem Vater nicht anders. Er lag im Krankenhaus: Schläuche in der Nase, Schläuche im Mund, wie ein Astronaut, und der Oberarzt sagte zu meiner Mutter im Flüsterton vor der Tür – ihrem Mann fehlt die Bereitschaft, er will nicht mehr. Und die Schwester, die gerade noch Pisspötte geleert hatte, nickte dazu ernsthaft. Mutter sagte darauf den ganzen Tag lang nichts mehr, als hätte man sie beleidigt.

Soll ich Ingrid denn von Sievers Blick erzählen? Triumphierend sah er mich über die Brille weg an: der Vater – da haben wir es. Wie kannst du krank sein wollen, du hast doch mich, würde Ingrid fragen; da haben wir es – du liebst mich nicht. Warum wollte ich krank werden? »Lieben Sie Ihre Frau?« Auch so eine Frage.

Also treibe ich mich nach den Sprechstunden herum. Im Sommer fuhr ich an den Hafen und wartete, bis es dunkel wurde. Die Docks waren beleuchtet, auf den Museumsschiffen brannten Lichterketten. Touristen gingen auf den Brücken spazieren, aßen Fisch an den Buden oder zogen in Gruppen weiter zur Reeperbahn. Die Männer wollten sie ihren Frauen zeigen.

Jetzt ist es schon kühl am Wasser, und ich friere schnell. Ich bleibe in den Einkaufsstraßen und sehe mir die Schaufenster an. »Sie können alles haben«, sagt Siever. Oft sitze ich in einem Café, fülle seine Fragebögen aus. Sie messen meinen Zustand in einundzwanzig Punkten: niemals, selten, manchmal, immer – müde, niedergeschlagen, ausgebrannt, hoffnungslos. Ich mache Kreuze.

Dabei ist es schön, nach Hause zu kommen. Es ist schön, wie sie auf dem Sofa liegt und liest, wie sie die Pflanzen gießt, die gelben Blätter abpflückt, die nichts zu suchen haben zwischen dem Grün.

Auch an den Arbeitstagen geht es mir gut. Wir frühstücken zusammen, das Bad duftet nach ihr. Die Züge draußen fahren auch für uns. Sie ist in der Bibliothek, ich verkaufe Schallplatten. Drei Tage in der Woche, mehr schaffe ich nicht. Vor zwei Jahren noch habe ich gearbeitet und studiert. Das habe ich Siever gesagt, da muss ich doch gesund gewesen sein. Jetzt bin ich müde und unkonzentriert. Ich erinnere mich nicht an Kunden, die regelmäßig kommen; glaube Gesichter wiederzuerkennen, als vergehe die Zeit nicht.

Siever schickt seine Damen weg. Auf dem Schreibtisch brennt die Leselampe. Ich sitze in einem Ledersessel, hätte Blick auf die Alster, wenn ich mich aufrecht halten würde. Ich soll erzählen. Anamnese.

Als kleiner Junge war ich abends am liebsten bei meiner Schwester. Sie hatte ein Zimmer außerhalb der Wohnung unterm Dach. Während Mutter abspülte, Vater und Manfred vor dem Fernseher saßen, ging ich im Schlafanzug mit kalten Füßen nach oben und klopfte. Dreimal, denn so musste Anne die Musik nicht leiser stellen und konnte die Kerzen brennen lassen; sie durfte rote Augen haben, und das nasse Taschentuch blieb auf dem Kopfkissen liegen. Vater hatte sie schon oft ausgeschimpft, weil sie sich einschloss und immerzu flennte – diesen Sänger anhörte; der auch ein sehr guter Schauspieler und früher zur See gefahren sei, sagte Anne. An den Wänden hingen Fotografien von ihm, in verschiedenen Kostümen. Einen grauen Bart und Uniform trug er auf der Postkarte, die er unterschrieben hatte: Für Anne – alles Liebe, stand darauf. Vater hatte sie beim letzten Streit zerrissen, Anne hatte sie wieder zusammengeklebt und über ihr Bett gehängt. Nur diese Postkarte, an der ganzen Wand. Mutter hatte nichts gegen den Sänger. Anne sei erst fünfzehn, und da habe jedes Mädchen einen Schwarm, sagte sie. Außerdem gefiel ihr der Sänger auch.

Anne zeigte mir Bilder von der Stadt, in der er lebte. Sie hatte vom Fremdenverkehrsverein ein Poster und Hefte bekommen: das Rathaus mit bunten Flaggen, der Michel, von einer Möwe umflogen, vor blauem Himmel, der Hafen mit den Kränen und Kanälen. Zum Meer hin seien es noch hundert Kilometer, las sie vor. Vom Meer und den Seeleuten konnte sie viel erzählen, und das hörte ich besonders gern. Sie lieh sich Bücher aus über Seefahrt. Sie wusste, dass man auf Schiffen zu einer Stunde zwei Glasen sagte, und kannte viele Namen von Knoten, die sie mir auf Abbildungen zeigte. Anne war noch nie in Hamburg gewesen.

In ihrem Zimmer vergaß man, dass vor dem Fenster die Schwäbische Alb lag. Dort mussten wir an den Wochenenden hinauf – zu den Aussichtspunkten. Vater stand dann mit seinem Fernglas auf der Achalm und sah bis zum Hohen Neuffen. Er trug bei den Sonntagsausflügen immer seinen schwarzen Anzug mit Krawatte und hatte eine Aktentasche dabei. Wir mussten alle wie zu einer Konfirmation oder Hochzeit angezogen sein, und wenn uns Wanderer mit Kniebundhosen und roten Strümpfen entgegenkamen, wurden wir nicht gegrüßt. Wir waren nicht ihresgleichen. Ich dachte einmal, Vater gehöre das ganze Land, unsere Ausflüge seien eine Art Kontrolle, ob mit seinem Besitz noch alles in Ordnung sei. Wie es die Cowboys in den Westernfilmen taten, wenn sie hinausritten, um nach den Zäunen zu sehen. Vaters Wortspiel, es gehört uns, weil wir hierhergehören, machte mich auch nicht klüger.

Wären wir aber reich gewesen, dann hätten wir eines dieser großen Häuser besitzen müssen, die wir auf den Ausflügen sahen; Häuser mit Gärten, wo Hunde hinter den Hecken bellten. Von der Achalm aus habe ich einmal durch Vaters Fernglas in so einen Garten gesehen. Die Familie saß um einen gemauerten Kamin, der mitten auf der Wiese stand. Sie grillten Fleisch, lachten und sprachen miteinander. Zwei Kinder spielten Federball. Alle trugen kurze Hosen, und der Vater hatte kein Hemd an. Mein Bruder sagte, so wolle er später auch leben.

Wir wohnten in einer kleinen Vier-Zimmer-Wohnung. Manfred teilte sich ein Zimmer mit mir. Meistens war er aber unterwegs: er hatte ein Fahrrad und traf sich mit seinen Freunden an der Tankstelle.

Vater hatte die Wohnung von seinem Betrieb bekommen. Er war Schreiner und arbeitete bei Schwuring, die Türen herstellten. Als Nebenverdienst baute er Schmuckkästchen oder Schach- und Mühlebretter aus den Holzabfällen, die er bei Schwuring immer mitnahm. Dünne, kleine Holzreste, die beim Furnieren übriggeblieben waren; manchmal auch Bretter mit Fehlern, die man sonst weggeworfen hätte. Vater nahm nur Holz, das man in der Firma nicht mehr brauchen konnte. Mutter sagte oft, dass wir schon längst einen neuen Couchtisch hätten, wenn er wie seine Kollegen wäre; die ließen oft stapelweise neue Bretter verschwinden.

Onkel Ernst, der Bruder meines Vaters, hatte ihm auch schon ein Schachbrett abgekauft und viel zuviel dafür bezahlt. Vater wehrte sich dagegen, aber Onkel Ernst sagte nur: Lass gut sein! und klopfte ihm auf die Schulter. Onkel Ernst wollte nicht, dass Mutter Heimarbeit machen musste. Sie klebte kleine Rechtecke verschiedener Bodenbeläge auf vorgezeichnete Felder einer Karte und schrieb Nummern darunter. Für eine fertige Karte bekam sie fünfzehn Pfennig. Es war wie in meinen Malbüchern; wenn man über die Grenzen der Felder malte, sah es hässlich aus. Ich hatte damit keine Schwierigkeiten, und Vater lobte mich dafür.

Woran soll ich mich nicht erinnern können? Es ist alles noch da. Das Haus verliert nichts, hat Mutter immer gesagt, wenn Vater etwas vermisste – seinen Ausweis oder Papiere. Er war nicht schlampig, er konnte nur nichts wegwerfen und fand dann das Notwendige nicht mehr. Er sammelte altes Zeug, Schrauben, Nägel, Federn, bewahrte es in Streichholzschachteln auf, die er zu Türmen aufeinandergeleimt hatte. Dutzende von Schubladen; sie waren nicht gekennzeichnet, niemand außer Vater wusste, welchen Inhalt sie hatten.

»Sie müssen sich von Altem trennen können«, sagt Siever.

Ich habe einen Traum, seit Jahren wiederholt er sich. Siever zückt den Kugelschreiber.

Mutter und ich waren auf dem Markt. Sie hat den Hasen gekauft. Sie trägt ihn in einem Käfig und geht neben mir. Ich versuche, ihn zu streicheln, obwohl es Mutter verboten hat. Dann liegt der schwarzweiße Körper auf der Spüle in der Küche. Ich habe das Gefühl, stundenlang davorzustehen; ich will ihn berühren; Mutter ist nicht da, ich mache es trotzdem nicht.

»Sie sagten den Hasen«, Siever freut sich. Ich weiß, dass es die Erinnerung an Mutters sechsundvierzigsten Geburtstag ist. Es sollte ein ganz besonderes Fest werden:

Mutter und ich gehen zusammen auf den Markt. Ausnahmsweise frühmorgens schon, um noch Auswahl zu haben. Heute wird nicht aufs Geld gesehen, sagt Mutter und lacht. Wir gehen Hand in Hand. Sie trägt ihr Sommerkleid, das sie auch für die Ausflüge anzieht und das Vater so gefällt. Es riecht nach der Seife, die im Wäscheschrank liegt. Die Leute drehen sich um. Es ist ein herrlicher Tag. Alles blitzt und funkelt, und auf dem Marktplatz leuchten die Schirme in allen Farben. An den Ständen – Äpfel, Tomaten, Birnen, wie buntlackierte Bälle. Mutter geht mit mir von Stand zu Stand, bewegt sich, als würde ihr der Markt gehören. Sie spricht ausgelassen mit den Marktfrauen, nimmt die Früchte in die Hand, drückt sie, ohne etwas zu kaufen. Sie feilscht nicht um die Preise, hätte für das Pfund Tomaten den Preis für das Pfund bezahlt und noch einen Salat mitgenommen; bezahlt dann doch nur das halbe Pfund und bekommt den Salat gratis, weil sie doch Geburtstag hat, was sie augenzwinkernd erwähnt. Ich darf mir einen Apfel nehmen. Sie sagt, ich solle mir den größten aussuchen, sie sei gleich wieder hier. Mutter geht zum Stand gegenüber. Ich nehme einen Apfel, einen mittelgroßen, und will hinterher, da kommt sie schon wieder zurück. Sie hält einen Drahtkäfig in der Hand und strahlt. Meine Güte, wie lang ist das her, dass ich so etwas hatte, ruft sie mir zu.

In dem Käfig sitzt ein dicker, schwarzweißer Hase. Er kann sich nicht bewegen, und seine Ohren sind durch zwei Maschen des Drahtes gesteckt. Ich greife nach den Ohren, aber Mutter wechselt den Käfig auf die andere Seite und nimmt mich wieder bei der Hand. Ich frage, ob ich ihn tragen dürfe, aber sie will ihn selbst nehmen. Sie gibt mir den Einkaufskorb. Ich gehe immer etwas schneller und strecke meinen Kopf nach vorne, um ihn sehen zu können, aber nur die Ohren tauchen manchmal neben ihrem Kleid auf.

Im Hauseingang treffen wir die Sautter, die gerade auf der Treppe kniet und die letzte Stufe wischt. Sie dreht sich um und wirft einen Blick auf Mutter und den Einkaufskorb. So, sagt sie, uns schon wieder abgewandt, wird gefeiert? Mutter bleibt bei den Blechbriefkästen stehen und holt die Post. Ja, ja, sagt sie. Schön, sagt die Sautter, den Putzlappen auswringend, dass es aber nicht so laut wird, heut abend, gell! Mutter steckt die Briefe ein, und wir gehen über den nassglänzenden Steinboden zur Treppe. Keine Sorge, sagt Mutter, als sie neben ihr steht; ach je, jetzt müssen sie da noch mal wischen, das tut mir aber leid. Mutter zeigt auf unsere Fußabdrücke. Die Sautter starrt an ihr hoch. Wir gehen in die Wohnung.

Mutter knipst das Licht an. Direkt vor dem Küchenfenster ist die Mauer der angrenzenden Spedition. Man kann nur einen schmalen Streifen Himmel sehen. Ich bleibe an der Tür stehen. Die Küche ist winzig, und Mutter schimpft, wenn ich ihr im Weg stehe. Mutter stellt den Käfig auf den Tisch und packt den Einkaufskorb aus. Jetzt haben wir das Brot vergessen, sagt sie, geh doch schnell und hol eines. Während sie die Geldbörse sucht, streichle ich kurz die Ohren des Hasen. Es kommt mir vor, als zitterten sie. Sie gibt mir das Geld.

Die Sautter ist mit der Kehrwoche fertig und steht vor ihrer Wohnungstür, die Hände in die Hüften gestemmt. Kannst du nicht anständig die Treppe hinuntergehen, musst du so einen Krach machen? Sie sieht mich an. Ich habe keinen Krach gemacht. Etwas sagen, denke ich, wie Mutter; auf die nassen Stufen treten und sagen, das tut mir aber leid, in ihrem Ton. Ich gehe auf Zehenspitzen weiter und schnell zur Haustür hinaus.

Ich komme mit dem Brot zurück. Der Hase liegt auf dem Küchentisch. Er fühlt sich ganz weich an; die Pfoten wie Samt, und seine Nase ist feucht. Ich streiche ihm über den Rücken, aber nicht gegen den Strich, weil ich weiß, dass sie das nicht mögen.

Mutter hat ihr Kleid ausgezogen und trägt jetzt die fleckige Arbeitsschürze. Sie nimmt den Hasen an den Ohren und legt ihn auf den zerkratzten Spülstein. Du kannst mir nicht helfen, sagt sie, geh spielen – ich muss mich beeilen, es ist schon spät. Ich frage nicht. Ich gehe ins Wohnzimmer, setze mich auf den Fußboden und schneide aus alten Zeitungen und Illustrierten die Bilder heraus, die mir gefallen.

Das Essen ist noch nicht fertig, da kommt Onkel Ernst. Er greift Mutter zur Begrüßung um die Hüfte und küsst sie. Er habe heute früher Schluss gemacht, ihretwegen. Sie streckt die Arme zur Seite und biegt sich nach hinten. Vorsicht, dein Anzug, sagt sie lachend und zeigt ihm die schmutzigen Hände und die Schürze. Dann beugt er sich zu mir hinunter und sagt, dass ich immer größer werde, und schenkt mir ein Schuco-Auto, einen Sportwagen. So einen wirst du später mal fahren. Das Geschenk für Mutter, es ist in einem großen, flachen Karton, dürfen wir noch nicht sehen. Onkel Ernst geht mit Mutter in die Küche. lch möchte eigentlich mitgehen und nach dem Hasen sehen, aber das Auto ist mir wichtiger.

Ich fahre das Teppichmuster entlang ins Wohnzimmer; hupe und schreie die anderen an, sie seien Langweiler, ich hätte es eilig, sie sollen mich gefälligst vorbeilassen; ich habe Unfälle, die meinem Auto nichts ausmachen, fahre in Schlangenlinien um die dünnen, wackeligen Tischbeine herum – bis Mutter ruft, ich solle beim Tischdecken helfen, Vater komme gleich.

Ich decke mit Onkel Ernst zusammen den Tisch mit dem guten Geschirr, und Mutter bietet uns einen Likör an – in den schönen Gläsern, die ganz vorne im Büffet stehen.

Wir hören Vater an der Tür, und Mutter verschwindet mit dem Paket von Onkel Ernst im Schlafzimmer. Onkel Ernst gibt Vater die Hand. Vater will sich umziehen, er kommt ja von der Arbeit, aber Onkel Ernst sagt, deine Frau hat eine Überraschung für dich, Bruder, warte. Dann steht Mutter an der Tür. Sie trägt ein neues Kleid, in der Art, wie ich es auch schon in den Illustrierten gesehen habe. Vater sieht sie an. Du bist verrückt, Ernst, das hat doch ein Vermögen gekostet, sagt Mutter. Onkel Ernst zuckt mit den Achseln. Sieht sie nicht toll aus? fragt er Vater. Vater nickt stumm. Es wäre besser, ihm mein neues Auto nicht zu zeigen, denke ich, tu es aber trotzdem und lächle dabei.

Wir warten auf Manfred und Anne. Onkel Ernst redet über die Kaufmannslehre, die beide angefangen haben; da kann man später viel verdienen, sagt er und lehnt sich zurück. Ohne kaufmännische Kenntnisse wäre er selbst nie in die Immobilienbranche gekommen. Er sieht mich an – ich müsste jetzt fragen, was die Immobilienbranche ist, ich will es nicht wissen. Ich werde Kapitän, rufe ich statt dessen. Mutter lacht, Vater trinkt einen Schnaps.

Mutter bringt das Essen. Wir sitzen alle am Tisch. Seit meinen Kindertagen habe ich keinen Hasen mehr gegessen, sagt Mutter. Onkel Ernst nascht aus der Schüssel: Oho! Es riecht sehr gut und sieht nicht mehr nach dem Hasen aus. Ich bin mir sicher, dass er schon am Morgen tot gewesen war oder sehr krank. Ich hätte ihn auch nicht mehr gesund pflegen können, und es ist besser, ein krankes Tier zu töten, als es länger leiden zu lassen. Einen Nachschlag will ich nicht.

Abends trinken wir Wein – ich bekomme auch einen Schluck. Auf dem Teewagen stehen Salzgebäck und Aschenbecher. Vater raucht seine fünfte Zigarette. Ein Päckchen reicht ihm eigentlich zwei Monate. Onkel Ernst spricht über das Geschäft; man muss den richtigen Riecher haben, Vater zappelt sich ab, das bringt nichts. Mir gefällt das Wort »abzappeln«. Ich verdrehe die Augen, wackle mit dem Kopf und zittere am ganzen Körper. Alle lachen. Vater ist blass, er hatte beim Essen schon keinen Appetit.

Mutter erzählte mir am anderen Morgen, dass Vater in der Nacht nicht geschlafen habe, weil er Schmerzen hatte; er müsse dringend zum Arzt. Sie zeigte mir ein Holzkästchen, Vaters Geschenk zu ihrem Geburtstag. Es war das schönste Kästchen, das er je gebastelt hatte – mit Intarsien und Schnitzereien. Ich wollte hineinsehen; es ist leer, sagte Mutter. Vater ging nicht zum Arzt.

Immerhin nennt man es Yuppie-Grippe, ich mache noch Karriere durch meine Krankheit. CMS klingt wie eine Auszeichnung. Manager haben das Chronische Müdigkeits-Syndrom, die Anforderungen sind zu hoch, sie sind nie ausgeschlafen genug – ich sei der erste chronisch müde Schallplattenverkäufer, sagt Siever. Er will über mich schreiben, in einer Fachzeitung. Für gewöhnlich hat er keine Kassenpatienten, doch mein Hausarzt habe mich empfohlen, und ihn interessiere mein Fall. Alles geht nur über Beziehungen.

Ich habe Ingrid nichts versprochen. Wir stehen in der Küche und spülen ab; sie spricht von Lebensstandard, als lasse er sich messen – wie in Sievers Fragebögen. Oft höre ich ihr überhaupt nicht zu;

sie bemerkt es nicht, weil ich dabei nicht schweige. Ich rede mit ihr, frage nach, stimme zu – ich kann auch wütend werden oder mitfühlend, ohne zu wissen, worum es geht. Verkaufsgespräche. Ein Kunde steht mir gegenüber, aber ich sehe ihn nicht; ich rede freundlich mit ihm, aber ich sehe nur die Straße durchs Fenster. Die weißen Häuserreihen, silbrige Balkone. Einmal glaubte ich, Marion zu entdecken. Es ist unmöglich. Ich weiß nicht, wie sie heute aussieht, wo sie lebt. Ich denke auch an sie, wenn ich für die Kunden die Schallplatten aus dem Lager hole. Die bunten Rücken stehen nebeneinander im Regal; es ist ein Spiel, die richtigen zu finden, ohne die Nummern an den Fächern zu beachten. Marion und ich haben damals immer Memory gespielt. Wir saßen an dem großen Tisch im Wohnzimmer und legten die Karten aus.

Onkel Ernst hatte die Idee, Vaters Scheune, die den Großeltern gehört hatte, umzubauen und einzelne Räume an Gastarbeiter zu vermieten. Das wäre nicht so viel Aufwand, sagte er, und die Italiener wären froh, wenn sie eine Bleibe hätten. Eine Baugenehmigung würde Vater auch bekommen, weil Onkel Ernst den Karlsfeld aus dem Gemeinderat kenne, der eine Schraubenfabrik habe und nicht wisse, wohin mit seinen Arbeitern. Dafür verlange Onkel Ernst natürlich nichts – das tue er für die Familie.

Vater räumte seine Scheune aus. Schwurings Holzabfälle, die er dort gelagert hatte, warf er weg; die Hobelbank verkaufte er – er konnte sie nicht mehr gebrauchen, er musste jetzt mit Steinen arbeiten. Aber er wollte die Scheune nicht für Italiener umbauen, sondern für uns. Wir sollten darin wohnen. Mutter wollte davon nichts wissen. Sie stritten oft. Mutter machte ihm Vorwürfe, weil er nicht auf Onkel Ernst hören wollte. Vater war kaum noch zu Hause. Ich konnte jetzt abends immer zu meiner Schwester gehen, ohne dreimal anzuklopfen. An den Wochenenden gingen wir nicht mehr auf die Alb.

Die Nächte wurden seltsam. Ich hatte die Bilder und Geschichten meiner Schwester im Kopf; träumte von großen Schiffen, die in dunkle Häfen einfahren, und von schwimmenden Städten. Dabei hörte ich im Schlaf, wie Vater in die Wohnung kam – das Knarren der Dielen und ein Flüstern, als wäre die ganze Familie beisammen. Ich müsste nur aufstehen und in das Wohnzimmer gehen: da würden sie alle sitzen, Wein trinken und überhaupt nicht flüstern. Sie würden lachen und sich Geschichten erzählen; bis sie mich sähen, im Schlafanzug an der Tür stehend. Warum schläfst du denn nicht? würde mich Vater erstaunt fragen. Ich dürfte noch eine Weile bei ihnen sitzen, und auf der Couch würden mir die Augen zufallen. Aber ich stand nicht auf, weil ich wusste, es ist ein Traum; weil es nicht das Wohnzimmer war. Es war bei Anne unterm Dach, und an der Decke hingen Fischernetze mit großen blauen Schwimmern.

Viel später erfuhr ich von meiner Schwester, dass Vater mit sich selbst sprach. Als sie nachts einmal in die Wohnung gekommen war, hatte sie ihn beobachtet. Er saß in der Küche und redete über seine Pläne; was er noch in der Scheune machen wolle und dass alles sehr schön werde. Anne war wieder in ihr Zimmer gegangen. Vater bekam keine Baugenehmigung. Er fing trotzdem hinter dem Holzverschlag mit dem Mauerwerk an. So sah die Scheune von außen unverändert aus, innen durfte er ja machen, was er wollte. Das war Manfreds Idee gewesen. Sie wollten Onkel Ernst und das Amt vor vollendete Tatsachen stellen.

Mutter sagte, sie seien völlig übergeschnappt; Manfred dürfe Vater doch nicht auf solche Gedanken bringen. Manfred erklärte, das sei ein Witz gewesen, er habe nur vom Trojanischen Pferd erzählt. Doch wenn mein Bruder Vater in der Scheune half, er war alt genug und hatte schon Muskeln, dann war es ihm ganz wichtig, und er gab Vater Anweisungen. Vater gegenüber verteidigte sich Manfred, er habe die Idee als Witz bezeichnet, um Mutter zu beruhigen. Manchmal war ich bei der Arbeit dabei. Ich saß in einer Ecke und langweilte mich. Es war nicht schlimm, dass mir Mutter schließlich verbot »in diesen Stall« zu gehen.

Fast zwei Jahre lang arbeitete Vater an der Scheune. Es ging uns nicht gut – er gab dafür viel Geld aus. Anne beteiligte sich mit ihrem Lehrgeld am Haushalt, und Manfred durfte seines auch nicht behalten. Er wollte von Vaters Scheune nichts mehr hören.

Mutter war irgendwie erleichtert, als Vater ins Krankenhaus musste. Das sagte sie, noch während sie seine Sachen packte; jetzt könne er nicht mehr so weitermachen, jetzt müsse er aufgeben. Sie lief durch die Wohnung und nahm überall etwas weg: ein Paar Schuhe aus dem Schränkchen, Zahnbürste und Seife aus dem Bad, Vaters Geldbörse aus der Jacke, die an der Garderobe hing. Immer wieder sah ich ins Schlafzimmer, die Tür stand einen Spaltbreit offen. Vater lag gekrümmt auf dem gemachten Bett und hielt sich den Bauch. Er war angezogen. Lass ihn in Ruhe, sagte Mutter, der Krankenwagen kommt gleich; ich fahre mit – die Sautter bleibt bei dir, bis Anne da ist.

Die Sautter klingelte an der Tür, und der Krankenwagen fuhr mit Martinshorn in den Hof.

Zwei Sanitäter fragten, ob hier der Notfall sei, und verschwanden mit einer Trage im Schlafzimmer. Die Sautter ließ mich nicht zusehen. Sie ging mit mir ins Wohnzimmer und schloss die Tür. Wie sieht es denn hier aus? rief sie. Sie meinte die Musterkarten, die überall herumlagen. Auf dem Tisch war Klebstoff ausgelaufen.

Unten im Hof schoben sie Vater in den Krankenwagen. Außer uns sah niemand aus dem Fenster; wir waren ganz allein im Haus.

Abends machte meine Schwester mir und Manfred Brote. Anne wusste alles, weil Mutter sie im Geschäft angerufen hatte. Wir saßen vor dem Fernseher und warteten. Es sei wie samstags, sagte Anne, früher – wenn Vater und Mutter zusammen weggegangen waren.

Anne rührte kein Brot an und ging auch nicht in ihr Zimmer. Im Fernsehen lief ein Bericht über die baldige Mondlandung. Wissenschaftler spielten mit Modellen von Apollo. Die Zeit dränge, sagte ein Mann in weißem Kittel, sollte es den Amerikanern nicht gelingen, rechtzeitig zu landen, gehöre der Mond den Russen; die seien weiter, als man denke. Sie zeigten Astronauten in ihren steifen Anzügen und Helmen wie Goldfischgläser. Sie sprachen auch mit einer alten Frau auf der Straße: Gott lasse es nicht zu, dass Menschen den Mond betreten, tun sie es dennoch, dann komme das Ende der Welt.

Anne hatte mich schon ins Bett gebracht, als Mutter vom Krankenhaus zurückkam. Ich blieb liegen, ließ die Augen geschlossen und hörte auf die Stimmen. Man hatte Vater operieren müssen – ein Magendurchbruch, er sei auf der Intensivstation. Ich wusste nicht, was es bedeutete, aber ich spürte mein Herz im Hals klopfen. In dieser Nacht hatte ich keine Träume.

Morgens war Mutter schon wieder weg. Anne hatte sich im Laden krank gemeldet, und Manfred war auch zu Hause geblieben. Anne aß nicht, wollte nichts erzählen, lag nur in ihrem Bett und starrte an die Decke. Ich fragte Manfred, was ein Magendurchbruch und eine Intensivstation seien. Er wusste es, konnte es aber nicht richtig erklären. Er nahm sich viel Zeit und sprach sehr ernst, er war ja der große Bruder und der Mann in der Familie. Er rauchte Vaters Zigaretten und sagte, dass sie ihn sicher bald wieder entlassen würden.

Ich konnte jetzt nicht einfach spielen gehen. Ich stand am Fenster und wartete auf Mutter, nebenbei bemalte ich die Bilder in meinen Büchern. Ich kümmerte mich nicht mehr um die vorgezeichneten Figuren. Ein Mann bekam einen dicken grünen Kopf, blaue Hände; stand bei einer schwarzen Brücke, auf der Bäume und Blumen mit Gesichtern wuchsen. Manchmal raschelte hinter mir Manfred mit der Zeitung, oder er sagte etwas. Ich drehte mich nicht um. Ich sah auf den Hof; sah die Sautter, die das Pflaster fegte, ganz langsam, halb gebückt. Die graue Wolljacke spannte sich über ihren Buckel, und sie trug schwere schwarze Schuhe und dicke Strumpfhosen. Ich hörte eine Uhr ticken, und eine Wasserspülung rauschte. Die Sautter war plötzlich verschwunden. Manfred fuhr mit dem Rad über den Hof. Ich hatte nicht bemerkt, dass er weggegangen war. Aber ich war sicher nicht allein – Anne wird hier sein, dachte ich. Mein Kopf war schwer, und die Beine taten weh. Ich legte mich auf die Couch und schlief ein.

Als ich aufwachte, fror ich, obwohl ich zugedeckt war. Draußen war es dunkel, das Licht im Wohnzimmer schimmerte blau, und die Möbel konnte ich nur noch in Umrissen sehen, die mir Angst machten. Ich rief nach Mutter. Ich stand auf, ging durch die Wohnung – nirgends brannte Licht, niemand war da. Ich lief zur Wohnungstür hinaus ins Treppenhaus, schrie nach Anne, rannte die Treppe zu ihr hoch, weinend, schreiend, trommelte mit den Fäusten gegen die Tür. Dann stand sie hinter mir mit dem Wäschekorb in den Händen. Sie sei nur auf dem Dachboden gewesen, sagte sie.

Ich hatte hohes Fieber. Anne machte mir einen süßen Kindertee, rieb mir den Rücken und die Brust ein. Vater habe die Operation gut überstanden, erzählte sie; Mutter hatte gesagt, dass er bei Bewusstsein sei. Ich war froh, krank zu sein – so konnte ich nicht spielen, auch wenn ich wollte.

Mein Bett war im Bauch eines großen Schiffes. Ein großer weißer Dampfer mit vier Schornsteinen. Imperator hat er geheißen; er brachte die Auswanderer nach Amerika – ich habe die Fotografien in Annes Büchern gesehen: goldene Speisesäle mit Kronleuchtern für die erste Klasse und riesige Schlafräume für die Armen.

Um mich herum waren Stimmen und Geschirrgeklapper, Musik, die lauter und leiser wurde, wenn sich die Tür öffnete und schloss; Gesichter, die sich über mich beugten oder vorbeihuschten. Meine Mutter brachte Suppe, Manfred holte sein Bettzeug; er schlief im Wohnzimmer, solange ich krank war. Anne lächelte mir zu, bis ich wieder einschlief. Dann, nach Minuten, war es still, die Suppe stand kalt auf dem Nachttisch, und im Zimmer roch es nach Minze. Ich wunderte mich, dass Vater nicht nach mir gesehen hatte.

Ein Arzt untersuchte mich. Das Stethoskop war kalt, und mir wurde schwindlig, als ich im Bett sitzen sollte. Mutter stand dabei und beklagte sich über das Krankenhaus, in dem Vater lag. Der Arzt sagte zweimal, sie solle bitte still sein, er könne nichts hören. Aber Mutter redete von schmutzigen Fenstern, den unfreundlichen Krankenschwestern und Vaters Zustand, der sich nicht verbessere, obwohl die Operation gut verlaufen sei. Drei Viertel des Magens hätten sie entfernt, sagte sie. Und weil er keine Fortschritte mache, müsse sie sich vom Oberarzt anhören, dass ihr Mann in einer schlechten seelischen Verfassung sei, die eine Gesundung nicht unterstütze. Nach ihr frage keiner, Haushalt, Kinder, der Mann im Krankenhaus – seelische Verfassung! Ich hätte eine Grippe, meinte der Arzt nach der Untersuchung; falls es Mutter interessieren würde. Der komme ihr nicht mehr ins Haus, sagte sie.

Nach ein paar Tagen ging es mir besser, aber ich musste noch daheim bleiben. In der Wohnung war es heiß; abends lag ich auf der Couch im Wohnzimmer, und wir ließen die Fenster offen. Das Sonnenlicht spiegelte sich in den Scheiben. Wir hörten die Fernsehgeräte der Nachbarn – alle sahen die Berichte aus dem Apollo-Studio. Morgen schreibe man ein neues Kapitel in der Geschichte der Menschheit, sagte der Sprecher.

Mutter und Anne stritten sich. Anne hatte Vater noch nicht im Krankenhaus besucht. Mutter bestand darauf; es sei doch wichtig, dass er seine Tochter einmal sehe, man könnte ja glauben, ihr liege nichts an ihrem Vater. Anne saß vor ihrem Teller mit einem angebissenen Brot und begann, die gelben Fettstücke aus der Leberwurst zu klauben. Mutter starrte sie an. Die kleinen Tiere, sagte Anne, sie können nicht gut sein. Ich bekam eine Gänsehaut. Die rotgeschminkten Lippen, das weißgepuderte Gesicht, Rouge auf den Wangen wie Flecken vom Fieber; die Haare toupiert und starr, ihre Hände schmierig – sie war ein Clown aus einem meiner Malbücher. Keiner lachte.

Ich kann nicht schlafen. Ich sehe den grünen Zeigern meines Weckers zu, zähle die Sekunden und Minuten mit. Die S-Bahn hat Betriebsschluss, um fünf Uhr fängt es wieder an.

Ingrid liegt neben mir und knirscht mit den Zähnen. Sie kann doch zufrieden sein, sie hat mir beigebracht, was sie mir beibringen musste. Dafür war »Dornröschen« nötig, ein Glas Sekt im Foyer vor dem Läuten, eine Loge über dem Orchestergraben. Die Musiker stimmten ihre Instrumente, kleine Lämpchen beleuchteten die Noten. Ingrid roch nach Sonne. Ich kam ins Träumen, streichelte sie überall – es war ja dunkel. Sie spielten die Ouvertüre, der Vorhang hob sich.

Ein Poltern auf der Bühne von vierzig Füßen, die nicht schweben wollten, angestrengte Gesichter. Das sind aber die schlechten Plätze, wo man alles sieht und hört, sagte ich.

Wenn wir uns schon keine Kinder leisten können, dann möchte sie beruflich weiterkommen, sagte sie später nebenbei. Aurora hatte sich an der Spindel gestochen und schlief ein. Im Schloss wuchsen die Rosen. Nur für ein Jahr, vielleicht sei ich dann soweit. Sie wird nach England gehen; Fachaustausch, eine Public Library in London. Ein Jahr, ich kann es mir nicht vorstellen.

Ich konnte mit »Zeit« nichts anfangen; es hatte keine Bedeutung, von »morgen« oder »nächster Woche« zu sprechen. Ob ich morgen oder nächste Woche neue Schuhe bekommen sollte, war egal. Was nicht sofort geschah, geschah nicht, und ich vergaß es. Bekam ich neue Schuhe, war es mir wieder nur einen Augenblick lang wichtig. Ich erinnerte mich an Mutters Versprechen, aber die Zeit, die seitdem vergangen war, konnte ich mir nicht mehr vorstellen. Wie lange war Vater im Krankenhaus? Mutter war achtundvierzig Jahre alt – was sind achtundvierzig Jahre? Seit wann schminkte sich Anne, Vater wollte doch nicht, dass sie sich Farbe ins Gesicht schmiert.

Ich blätterte in dem Kalender, den Mutter aus der Apotheke mitgebracht hatte. Für jede Woche eine Seite: Fotografien von Raumschiffen und Planeten, Bilder, die zeigten, wie die Zukunft aussehen könnte – Glaskuppeln, unter denen Menschen wohnen, auf schwarzen Sternen ohne Himmel. Das Ende der Welt.

Heute war der neunzehnte Juli, ich hatte es in der Tagesschau gehört. Mutters Jahre sind achtundvierzig Kalender. Man müßte jeden Tag etwas eintragen; ein Ereignis, wie das Wetter war, irgend etwas – dann sähe man die vergangene Zeit.

Ich stand auf, stellte die Nachttischlampe auf den Fußboden; die Deckenleuchte wollte ich nicht anknipsen, vielleicht hätte Mutter gemerkt, dass ich noch nicht schlief. Ich nahm aus dem Schuhkarton unter meinem Bett die Lego-Steine heraus und baute kleine Häuser. Nur das Klicken des Plastiks war zu hören. Zwischen den Häusern führten Straßen entlang, eine Tankstelle gab es, einen Marktplatz – eine kleine Stadt sollte es werden, von einer Glaskuppel überdacht. Ich schlich in die Küche und holte Frischhaltefolie, die ich über die Stadt legte. Morgen würde ich es Anne zeigen; ich würde zu ihr sagen: das habe ich am neunzehnten Juli gemacht. Ich trug es in meinen Kalender ein.

Anne wusste sofort, weshalb die Stadt unter der Glaskuppel eingeschlossen war. Sie erklärte mir, der Planet sei verseucht, in seiner Luft könne niemand mehr atmen, nur giftige Pflanzen und Tiere lebten dort, die alle Menschen in der Stadt bedrohten, indem sie die Kuppel angriffen. Wir müssen die Stadt retten, sagte sie und war ganz aufgeregt, die Kuppel ist nicht dicht, hier durch die Ritzen kommen Tiere. Sie setzte sich zu mir auf den Boden und baute einen schmalen Turm, den sie in der Mitte der Stadt auf den Marktplatz setzte. Darüber spannte sie die Folie, die sie rings um die Stadt befestigte – ein Zelt ohne Eingang. Jetzt kann ich mit der Stadt nicht mehr spielen, sagte ich. Du kannst mit den Pflanzen und Tieren spielen, sagte Anne. Sie formte aus Knete kleine Figuren mit großen Köpfen und langen Armen, die auf dem Boden schleiften. Sie erfand Bäume mit zwei Stämmen, die wie Beine aussahen, und Blumen ohne Blütenblätter und stellte alles in Reih und Glied vor die Stadt. Die Armee greift an, sagte sie, die Stadt wird zerstört. Dabei rückte sie ganz nahe an mich heran. Sie roch nach Parfüm. Ich wollte nicht, mir machte das Spiel keinen Spaß. Ich will nicht, dass du dich schminkst, sagte ich.

Davon wird Vater auch nicht gesund, sagte Anne.

Am späten Nachmittag fingen die Übertragungen an. Wir schalteten abwechselnd das erste und zweite Programm ein. Im Studio sprachen sie von Treibstoff und dem Mare Tranquilitatis; sie fragten, warum die Fähre vier und nicht drei Beine habe und wie die Astronauten aufs Klo gehen. Ich hatte gehört, dass Vater einen Schlauch und eine Bettpfanne habe. Ich werde ihn bald besuchen, ich werde ihm erklären, dass Anne krank sei und deshalb nicht kommen könne.

Mutter klebte Musterkarten. Wenn es keine Neuigkeiten gab, zeigten sie Filme. Wir sahen Eskimos: Sie saßen, in Pelze vermummt, an Löchern im Eis und fischten. Manchmal lachten sie in die Kamera und zeigten dabei ihre schwarzen Zähne. Wir sahen New York:

Straßen ohne Bäume, Sportplätze mit hohen Zäunen aus Maschendraht. Da trafen sich Banden; kleine Jungen waren es, kaum größer als ich, die rauchten Zigaretten und sprachen wie die Großen. Vielleicht ist Vater heute endlich aufgestanden; vielleicht sitzt er auch vor dem Fernsehgerät und sieht dieselben Bilder wie wir – den Jungen, der in einer Mülltonne wühlt. Millionen von Menschen sitzen vor ihren Apparaten und sehen die Welt mit anderen Augen, hatte der Sprecher gesagt. Von ganz weit oben, aus dem Himmel.

Kurz nach neun unterbrachen sie einen Spielfilm und zeigten wieder Houston – Männer in weißen Hemden reichten sich Zettel, liefen durcheinander, sahen auf die Monitore; dazwischen aufgeregte Funksprüche, die der Sprecher im Studio übersetzte. Und während wir das Modell sahen, eingepackt in glitzernde Folie wie ein Weihnachtsgeschenk, sagte einer: Die Fähre ist gelandet. Die Männer in weißen Hemden sprangen auf und applaudierten, ein Wissenschaftler weinte. Mutter räumte den Tisch ab. Wir wollten ein wenig schlafen, es würde lange dauern, bis sie aussteigen, hatten sie gesagt. Ich lag in meinem Bett und zeichnete die Mondfähre in meinen Kalender. Eine schwarze Spinne am zwanzigsten Juli.

Draußen wurde es schon hell, als mich Anne wieder weckte. Das Wohnzimmer war verraucht, Vögel zwitscherten, die Straßenbeleuchtung war noch eingeschaltet. Manfred hatte sich Kaffee gemacht. Er war allein aufgeblieben und hatte rote Augen. Mir war kalt, ich hatte Angst.

Die Studiosprecher sagten nichts. Die Astronauten haben fast sechs Stunden gebraucht, ihre Anzüge anzuziehen, meinte Manfred. Er hatte Hans Albers gesehen und einen Film über Jules Verne, aber er war zu müde, um davon zu erzählen. Ich dachte daran, was die Frau gesagt hatte; ich wartete auf das Ende der Welt.

Dann kamen die Bilder: Ein gepolstertes Bein schwebte an der Leiter entlang. Dicke Puppen sprangen auf die Mondoberfläche. Sie bewegten sich wie in einem Stummfilm. Mutter hatte sich nicht wecken lassen, zu dritt saßen wir vor dem Fernseher und sahen den Späßen der Astronauten zu – Känguruh-Sprung. „Ein kleiner Schritt für Menschen…" - der Astronaut habe sich vor Aufregung versprochen, sagte der Übersetzer. Ich hatte kein Herzklopfen.

Es geschah nichts, Gott ließ es sich gefallen. Ich war enttäuscht und froh. Einen Tag später starb Vater.

Ich hatte ihn nicht mehr besucht. Es war ihm sehr schlecht gegangen, und Mutter wollte nicht, dass ich ihn so sähe. Nur Manfred war noch bei ihm gewesen; Vater hatte ihn nicht erkannt, aber Manfred habe ihm die Hand gedrückt und versprochen, sich um alles zu kümmern.

Wir bekamen weiße Briefe mit schwarzem Rand, und Vaters Name stand in der Zeitung: »unerwartet aus unserer Mitte gerissen«.

Meistens wird es sehr spät bei Siever. Er setzt die Brille ab, doch die müden Augen habe ich. Er bringt mich zur Tür; ich warte darauf, dass er etwas sagt. Ist er zufrieden? Habe ich mich gut erinnert? Er sagt, meine Krankheit könnte natürlich auch organische Ursachen haben – ein unbekanntes Virus, der die Abwehrkräfte schwächt; daher die Erschöpfung. Manche seiner Kollegen glauben das. Er dagegen denke, nur etwas Schwaches lässt sich schwächen. Vielleicht soll es ein Trost für mich sein: Ganz egal, woher die Krankheit kommt, es ist richtig, ihm alles zu erzählen.

Ich gehe die Treppe hinunter, und auf der Straße sehe ich mich um, als ob ich entdeckt werden könnte.

II

Ich war elf Jahre alt. Ich ging in die vierte Klasse der Beger-Schule. An dieser Straßenecke konnte man mich jeden Morgen stehen sehen, eine orangefarbene Mütze auf dem Kopf, einen Ranzen auf dem Rücken. Auf diesem Schulhof aß ich mein Pausenbrot; fütterte mit den Krümeln die Tauben.

Meinetwegen wurde es still in der Klasse, als die Lehrerin vom Tod meines Vaters sprach. Meinetwegen verstummten sogar Willi und Andreas, die doch immer eine große Klappe hatten. Alle drängten nach dem Unterricht zur Tür, zwängten sich hindurch, rempelten sich an, lachten und schrien. Für mich öffneten sich die Reihen, für mich machten sie Platz.

Ich sah mich im Spiegel, der bei den Kleiderhaken hing – ich war der ohne Vater.

Es war der letzte Schultag vor den Sommerferien gewesen. Ich ging durch den Kirchpark; große dunkelgrüne Tannen standen dort, und der Boden war weich von den abgefallenen Nadeln. Hier wurde es nie richtig hell. Die Kirche nahm dem Park das Licht weg, und ich hatte den Eindruck, die Tannen seien der Schatten der Kirche; so nah wirkte alles, eng und verschlossen.

Ich blieb vor dem Hauptportal stehen. Ich sah zum ersten Mal die in Stein gehauenen Gesichter. Aufgequollene Fratzen mit dicken Nasen und hervorstehenden Augen; lachend und schimpfend sahen sie auf jeden herab, der die Kirche betrat. Sie waren mir nie aufgefallen. Ich sah auch den fetten goldenen Engel auf der Kirchturmspitze. In Heimatkunde hatten wir gelesen, er sei vor Jahren bei einem Erdbeben heruntergefallen und habe einen Mann erschlagen. Es sei ein Verbrecher gewesen.

Ich erzähle Siever Anekdoten aus der Heimat: Die Kirche wurde aus Dankbarkeit für die heilige Maria gebaut, weil es Feinden nicht gelungen war, die Freie Reichsstadt zu erobern. Im Mittelalter war das wohl – zwischen Bäckereien und Schuhläden könne man noch ein Stück Stadtmauer sehen; von den Bergen umgeben, galt er sowieso als schwer einnehmbar – mein Geburtsort.

»Sie bringen den Namen nicht über die Lippen.« Das fällt ihm auf. »Altona kommt übrigens von allzu nah.«

Dort, wo ich herkomme, hat alles und jeder seinen festen Platz. Ich war schon lange nicht mehr daheim.

Manfred frankierte Einladungen an die Verwandtschaft, Mutter stand im Schlafzimmer und probierte ihr neues schwarzes Kostüm an.

Samstag kamen Onkel Ernst und die Familie meiner Mutter zur Beerdigung. Tanten, Onkels, Kusinen; Verwandte, die ich nie zuvor gesehen hatte. Vater hatte, außer seinem Bruder, keine Angehörigen.

Sie trafen sich in der Wohnung, tranken Kaffee im Stehen. Mutter sagte ihren Schwestern, dass es uns schlecht gehe. Vater sei so stark gewesen, voller Kraft und Pläne; er habe keine Lebensversicherung abgeschlossen, und von der Rente könne die Familie nicht leben. Onkel Ernst sprach im Flur vom Verkauf der Scheune, einem Batzen Geld. Manfred erzählte im Wohnzimmer von den Sommerabenden, die er mit Vater zusammen bei der Arbeit verbracht habe. Sie strichen mir über den Kopf und meinten, es sei gut, dass es noch zwei Männer in der Familie gebe.

Anne blieb die ganze Zeit in ihrem Zimmer. Seit Vaters Tod hatte sie es kaum verlassen. Sie war beurlaubt.

In ihrem Zimmer war es still; keine Musik, keine Geräusche. Ich stand oft an ihrer Tür und klopfte. Wahrscheinlich lag sie im Bett, denn wenn ich sie sah, trug sie das Nachthemd und den Morgenmantel, war ungewaschen und nicht gekämmt. Manchmal stand sie vor dem Kühlschrank, nahm sich einen Joghurt oder Käse, aß etwas davon und ging wieder nach oben. Fleisch rührte sie nicht mehr an; es sei lebendig gewesen, sagte sie. Gemüse könne sie nicht essen, weil es aus der Erde komme, wo die Toten liegen.

Mutter hatte gesagt, Anne brauche Zeit, um ihre Trauer zu überwinden. Das sagte sie auch zu den Verwandten. Anne ging nicht mit zur Beerdigung. Manfred war froh darüber. Sie sei verrückt geworden, sagte er, wer weiß, was sie anstellen würde. Er hatte eine Wunde auf der Stirn, Anne hatte ihn geschlagen.

Am Tag vor der Beerdigung hatte Manfred in Vaters Sachen nach Geld gesucht. Er hatte den Schreibschrank aufgebrochen, der Schlüssel war nirgends zu finden gewesen. Er hatte ihn ausgeräumt und war gerade dabei, alles zu ordnen, da kam Anne herein. Sie sah Hammer und Schraubenzieher, Vaters Papiere auf dem Fußboden verteilt, den grauen Müllsack, der bereitstand, und stürzte sich auf Manfred.

Sie schrie und kratzte, schlug auf ihn ein. Mutter ging dazwischen, versuchte, Anne zu beruhigen: Wir brauchen doch das Geld, wir brauchen doch das Geld, denkst du denn, Manfred macht das gerne! Sie ging mit Anne in ihr Zimmer, Anne wehrte sich nicht mehr.

Manfred warf Vaters Papiere in den Müllsack – Zeugnisse, Sportabzeichen mit Hakenkreuzen, vergilbte Briefe von unbekannten Absendern. Einen Stapel Fotografien aus Norwegen, wo Vater im Krieg stationiert gewesen war, legte er beiseite; obenauf das Bild einer jungen Frau mit blonden Haaren.

Sie steht vor einer Hütte, stemmt die Hände in die Hüften und lacht. Im Hintergrund der graue Himmel und das graue Meer. Mutter sah das Foto lange an, und Manfred fragte, ob sie die Frau kenne. Mutter schüttelte den Kopf. Dann wühlte sie im Plastiksack nach den weggeworfenen Briefen – es war kein Brief von einer Frau dabei, nicht mal ihre eigenen konnte sie in Vaters Sachen finden. Sie zerriss das Foto und warf es weg.

Ich nahm die Schnipsel wieder heraus, und von Vaters Papieren behielt ich auch einiges, unbemerkt.

Unter den Schachteln mit Nägeln und Schrauben, Briefmarken und Klebebändern fand Manfred tatsächlich zwei Umschläge: Zwanzig-, Fünfzig- und Hundertmarkscheine waren darin, dreitausend Mark zählten wir. Mutter weinte; wir mussten am Essen sparen, durften uns keinen Urlaub gönnen, und er hat das Geld gehortet, Gott weiß, für was.

Onkel Ernst fuhr uns zur Beerdigung. Ich sah aus dem Fenster auf die Häuserreihen und Läden, die ich alle kannte. Aber jetzt, wo ich im Auto saß, waren sie fremd für mich.

So muss es beim Reisen sein, dachte ich. Vater wollte nie reisen, und er hatte auch kein Auto. Einmal waren wir mit den Rädern in den Schwarzwald gefahren. Ich saß angeschnallt in einem Kindersitz auf der Stange und jammerte, weil mir alles weh tat. Mutter sagte, Vater sei sehr wütend geworden – wir mussten dann doch den

Zug nehmen. Ich konnte mich nicht daran erinnern, ich war damals noch sehr klein.

Das Auto fuhr ganz weich. Wir hielten auf dem Parkplatz am Friedhof und warteten auf die anderen. Wir gingen gemeinsam zur Kapelle, saßen auf den Holzbänken.

Der Pfarrer sprach von der Endlichkeit und davon, was man im Leben erreichen kann: Liebe zu geben und zu empfangen. Vater sei ohne Schuld geblieben, sein Leben lang. Wenn ich mein rechtes Auge schloss, war der Pfarrer hinter den Nelken des Blumengestecks verschwunden; schloss ich das linke Auge, sprang er aus den Blumen heraus an den Altar zurück. Ich kniff abwechselnd die Augen zu und ließ ihn tanzen.

Am Grab konnte ich mir nicht vorstellen, dass Vater in dem Sarg lag. Ich hatte ihn schon so lange nicht mehr gesehen; er war sicher noch im Krankenhaus oder arbeitete in der Scheune – samstags war er doch immer in der Scheune. Ich fragte mich, wer die Frau auf der Fotografie gewesen ist. Sie müsste neben Mutter und Manfred stehen, die Hände gefaltet, den Kopf gesenkt, und vor ihr müsste ein Kranz mit bunten Bändern liegen, auf denen Worte stehen, die niemand lesen kann. Am Holzkreuz brannte eine rote Laterne.

Wir gingen durch die Allee zum Parkplatz zurück. An Grabsteinen und großen Abfallkörben vorbei, in denen verwelkte Blüten und braune Blätter lagen. Eine junge Frau füllte am Brunnen ihre Gießkanne; sie sah kurz auf, als wir vorübergingen. Vater sollte auch noch einen Stein bekommen; es war nicht richtig, dass nur ein Kreuz auf seinem Grab stand, dachte ich.

Das Nebenzimmer des Krugs war reserviert. Ein langer Tisch mit weißen Decken und Kaffeegeschirr. Es gab Apfelkuchen mit Sahne. Onkel Ernst trank Cognac zum Kaffee und redete so laut, dass ihn jeder hören musste.

Mir gegenüber saß Onkel Heinrich. Er sah mich immer an, aber es störte mich nicht. Er war eigentlich überhaupt kein Onkel, das wusste ich von Mutter. Er lebe mit ihrer Schwester Lizzy zusammen; schon zehn Jahre lang wollten sie bald heiraten, sagte sie. Vater hatte sich gut mit Onkel Heinrich verstanden. Wenn sie sich trafen, zu Hochzeiten und Familienfeiern, umarmten sie sich. Sie standen beisammen, sprachen vom Krieg und über Norwegen, wo sie beide stationiert gewesen waren, noch bevor Onkel Heinrich Mutters Schwester kennengelernt hatte. Manfred hatte ihr Gerede immer langweilig gefunden. Ich war nie dabeigewesen. Die Gespräche dauerten den ganzen Abend. Manfred hatte einmal erzählt, dass Vater danach bei Anne im Zimmer gesessen und geweint habe. Ich hätte Onkel Heinrich gerne gefragt, ob er die Frau auf Vaters Fotografie kenne.

Nach dem Essen saß keiner mehr an seinem Platz. Sie standen um den Tisch herum, die Weingläser in den Händen haltend; lobten den aufgeschnittenen kalten Braten und die Salate, bedauerten, dass man sich erst bei einem Todesfall wieder einmal sehe. Onkel Ernst meinte, er habe sich schon immer um die Prinzessin gekümmert. Jetzt werde sie eine neue Wohnung bekommen und einen monatlichen Zuschuss; es werde der Familie besser gehen als früher, versprach er. Mutter wurde rot, ihre Schwestern schüttelten die Köpfe. Tante Lizzy stöhnte und ging nach draußen.

Onkel Heinrich setzte sich neben mich und faltete Papierservietten. Er machte daraus einen Hund, einen Elefanten und einen Schwan. Er legte mit Streichhölzern Figuren, verwandelte Quadrate in Dreiecke. Das habe er im Krieg gelernt, in den Stunden, in denen sie auf der Stube waren, während der Regen an die Fensterscheiben klatschte. Das war besser, als im Unterstand auf die Nordsee zu starren. In Bergen regnete es immer, aber Vater habe schon gewusst, wo es trocken ist. Tante Lizzy unterbrach ihn – was er denn für Geschichten erzähle, das sei doch nicht der Augenblick, vom Krieg zu reden. Onkel Heimich nickte und sammelte die Streichhölzer ein. Er hatte zuviel getrunken. Wir fuhren mit dem Taxi nach Hause. Ich schlief auf dem Rücksitz ein.

Anne war stumm. Sie schrieb auf kleine Zettel Nachrichten für uns, schob sie unter der Tür durch. Sie könne nicht mehr sprechen, stand auf einem, sie habe etwas in der Luftröhre und müsse sonst ersticken, ihr Hals sei wie zugeschnürt. Sie aß nur noch Suppe und Brei, sie magerte ab. Mutter und Manfred versuchten, ihr zu helfen. Mutter schlug ihr eine Reise vor, nach Hamburg vielleicht, »du könntest deinen Sänger endlich einmal auf der Bühne sehen«, sagte sie. Manfred drohte, sie komme in ein Heim, wenn es nicht besser werde. Im ganzen Treppenhaus hörte man ihn brüllen, bis die Sautter nach oben kam: Sie sei froh, dass wir bald weg seien und anständige Leute ins Haus kämen, schrie sie uns an. Wir hatten sie nicht zur Beerdigung eingeladen.

Anne ging zu einem Nervenarzt. Er verschrieb ihr Beruhigungstabletten, hielt sie für arbeitsunfähig. Sie leide unter einem Schock und sei sehr geschwächt; Anne wog kaum noch vierzig Kilo. Nach einer Weile sprach sie wieder mit uns, rieb dabei aber ständig ihren Hals von unten nach oben, als müsse sie jedes Wort herausdrücken. Den ganzen Tag lang saß sie jetzt am Fenster im Wohnzimmer, und wenn ich im Hof spielte, sah sie mein Winken nicht.

Manfred und Onkel Ernst kümmerten sich um den Verkauf der Scheune. Sonnenmann bekam den Zuschlag; der hatte schon die benachbarten Grundstücke gekauft, der ganze Kirschweg gehörte bald ihm. In ein paar Jahren werde es Bauerwartungsland, wusste Onkel Ernst, aber wir brauchten das Geld sofort. Was in der Scheune gelagert war, Holz, Steine, Fensterrahmen und Scheiben, bot Manfred in der Zeitung an. Freitagnachmittags kamen viele Leute und luden ihre Autos voll. Manfred stand an der Straße, sah sich an, was sie wegtrugen, machte die Preise. Ein letztes Mal war ich im »Stall«.

Eine leere Flasche Bier stand dort, ganz staubig vom Mörtel, und an der Leiter hing Vaters blaue Arbeitsjacke. Ich setzte mich wieder in die Ecke und wollte etwas fühlen. Es roch nach ihm, aber ich fühlte nichts. Ich wusste nicht mehr, wie seine Stimme geklungen hatte, sein Gesicht sah ich vor mir, wie es auf dem Foto abgebildet war, das im Wohnzimmer hing. Ich kannte seine Bewegungen nicht mehr, erinnerte mich nicht mehr an sein Lachen, an seine Hände. Große Hände müssen es gewesen sein. Für Manfred war die Arbeit anstrengend gewesen, Vater hatte keine Mühe gehabt. Dabei musste er schon lange krank gewesen sein, ohne etwas davon zu wissen. Ich spürte meinen Magen – ein kalter Stein lag in meinem Bauch. Vielleicht hatte ich schon Vaters Krankheit, vielleicht war sein Magen auch ein kalter Stein gewesen.

Mutter rief von draußen. Ich gab keine Antwort; ich wollte, dass sie hereinkommt und mich holt. Ich stand auf und ging leise an der Mauer entlang, bis ich sie sehen konnte. Sie tat keinen Schritt in die Scheune; als hätte sie Angst davor, blieb sie am Verschlag stehen, versuchte, mich in der Dunkelheit zu entdecken. Die letzten Käufer fuhren weg; es war still, nur Mutter rief. Ich nahm die leere Flasche Bier und warf sie in die Ecke. Mutter erschrak. Manfred musste in die Scheune gehen, um mich zu holen.

Mit dem Geld von Sonnenmann hatten wir zwölftausend Mark. Mutter würde das Geld für unser Essen, die Kleidung und den Umzug in die neue Wohnung brauchen; wir werden mehr Miete bezahlen müssen, sagte sie. Von einem Zuschuss hatte Onkel Ernst nicht mehr gesprochen. Trotzdem sollte jeder noch etwas für das Sparbuch bekommen. Vaters Erbe – für später. Manfred überlegte, was er davon kaufen könnte: einen Plattenspieler, Fernseher, Anzug. Ich wäre gern verreist, eine Woche nur, ans Meer. Aber Anne griff nach Mutters Arm und klammerte sich fest: Man dürfe sie nicht allein lassen, sie könne nicht weg von hier, sie sei doch krank. Wir blieben zu Hause. Sonnenmann ließ die Scheune abreißen. Wir waren nie mehr am Kirschweg.

Ich wünschte mir, dass die Ferien zu Ende wären. Mutter und Anne hatten keine Zeit. Sie machten jetzt gemeinsam Heimarbeit und gingen nachmittags zusammen putzen – ein Bürogebäude am Ende der Straße. Onkel Ernst hatte gesagt, das sei nur vorübergehend.

An schönen Tagen lag ich im Kirchpark unter den Tannen, fuhr mit dem Finger auf Landkarten entlang, blätterte in Bildbänden über Norwegen, die ich in der Stadtbücherei ausgeliehen hatte. Ich stand an der Steilküste, sah Fjorde und Städte mit Dreimastern in den Hafenbuchten. Ich ging durch schmale, gepflasterte Gassen in Bergen, an Holzhäusern vorbei, die wie Vaters Kästchen rochen. Nur zur Mariakirken kam ich nicht. Sie war auf einem Stadtplan eingezeichnet, aber nicht abgebildet. Doch sie hatte sicher keinen Engel auf der Kirchturmspitze und keine Fratzen am Portal.

In der Schule gaben sie mit ihren Ferien an. Sie erzählten von Italien und den Stränden, zeigten mir Seesterne und bunte Muscheln, die sie mitgebracht hatten. Beim Turnen stellten sich Willi und Andreas neben mich und streckten mir ihre braunen Beine entgegen. Ich sei ja käsig, riefen sie, wohl nicht aus der Bude gekommen. Wir waren in Norwegen, sagte ich, leider hat es immer geregnet. Eine Schwester meines Vaters lebt in Bergen und hat uns eingeladen. Sie ist eine schöne Frau. Wir haben in einem Haus an der Küste gewohnt. Endlich ließen sie mich in Ruhe.

Das Lügen war ganz einfach, nicht einmal Herzklopfen hatte ich dabei. Ich brachte das Foto mit in die Schule und zeigte es herum – das sei meine Tante. Ich war vorsichtig, ich wusste noch zuwenig über Norwegen: Wie sprechen sie dort, warum lebt Vaters Schwester nicht in Deutschland. Also erfand ich Geschichten von einer Kriegsverletzung Vaters und dass Helga, so hatte ich sie genannt, eine deutsche Spionin gewesen sei. Ich berichtete von geheimen Sondereinsätzen, bei denen sie beinahe ums Leben gekommen wäre. Ich musste nicht nachdenken, brauchte kein Stichwort, erfand alles beim Erzählen. Sie sammelten sich in der Pause um mich, aßen ihre Brote, tranken Milch und hörten mir zu. Ich sah in die Runde, ob auch alle aufmerksam waren, und wollte sich einer abwenden, weil es ihm langweilig wurde, sprach ich schneller und lauter, ließ mir einen Höhepunkt einfallen, bis er wieder dabei war. Nur Willi und Andreas glaubten mir nicht; sie standen abseits und tuschelten miteinander. Andreas sagte schließlich zu mir, ich sei ein Lügner, er werde alles der Lehrerin sagen, und die würde mit meiner Mutter sprechen. Ich tat so, als sei mir das völlig egal, ließ ihn einfach stehen. Doch zu Hause ging ich nach dem Essen schnell in mein Zimmer – Schularbeiten machen, sagte ich.

Ich las ein Buch über Zwerge. Menschen könnten sie nicht sehen, weil sie sich verstecken würden, wenn man ihnen zu nahe komme. Deshalb glaube jeder, es gebe keine – hieß es da. Geschichten behaupten, wahr zu sein. Man glaubt sie. Ich hätte sagen können, ich habe Geschichten erzählt. Aber dann hätte überhaupt nichts mehr gestimmt. Woran sollte ich erkennen, dass mir die anderen keine Geschichten erzählen. Sie sind in Italien gewesen; sie waren ganz braun, ich konnte es sehen. Ich hatte ihnen ein Foto gezeigt, damit sie es auch sehen konnten: Es gibt Helga. Ich hatte gelogen. Ich musste weiterlügen oder Mutter alles sagen. Sie wäre bestimmt böse auf mich gewesen. Ich hatte das Foto behalten, sie wollte doch nichts wissen von dieser Frau. Vielleicht kannte sie das Bild, vielleicht erzählte sie auch nur Geschichten.

»Was Sie sehen wollen, ist wahr.« Siever macht sich Notizen. Beim Schreiben spreizt er den kleinen Finger ab, als würde er in einer Tasse rühren.

»Ich habe schlechte Blutwerte, das kann man nicht erfinden«, sage ich.

Ich muss ihm nichts beweisen – er ist kein Staatsanwalt, ich habe mich nicht zu verteidigen. Trotzdem würde ich ihm am liebsten alle Symptome aufzählen: die braunen Flecken auf der Haut – keiner kann erklären, woher die kommen –, Altersflecken, sagte Ingrid und lachte; neun Stunden Schlaf, aber morgens das Gefühl und das Aussehen, als hätte ich die Nacht durchzecht; verlangsamte Bewegungen – die fielen schon meinen Kollegen im Laden auf, sie sind immer schneller. Mit den Reflexen stimmt etwas nicht, sagte mein Hausarzt. Siever selbst meinte doch, es könnte auch ein Virus sein.

»Blut ist Versorgung – Sie versorgen sich schlecht.«

Er sieht mich nicht eimnal an. Zack! Da hab ichs. Siever die Fliegenklatsche. Er ist selbstgefällig und glatt. Keine einzige Falte hat er im Gesicht; um die zu bekommen, hätte er erst einmal die Stirn runzeln müssen. Ich kann ihn nicht ausstehen.

In Sievers Wartezimmer liegen esoterische Zeitschriften. Ich habe darin geblättert. während die Damen ein paar letzte Daten in den Computer tickten. Neben einem Reisebericht über magische Orte, eine indianische Grabstätte im New Yorker Central Park, entdeckte ich den Artikel Die Macht des Wollens. In einer anschließenden Kurzbiographie wird Siever als Autor vorgestellt. Das sind also seine »Fachzeitungen«.

Ich saß auf meinem Bett und wollte nicht mehr denken. Ich hätte aufspringen, nach draußen rennen wollen – zum Fußballspielen auf der Spitzwiese, wo sie sich immer treffen. Ich hätte zwischen den beiden Steinen gestanden, die das Tor markieren. Da möchten sie mich haben, weil ich kein schneller Läufer bin. Nach links und rechts hätte ich mich geworfen, obwohl es mir weh tut, auf den Boden zu fallen. Hauptsache, der Ball ist gehalten. Und nach dem

Spiel: Schulterklopfen, verschwitzt nach Hause kommen. Aber ich musste mich verstecken, keiner durfte mich an diesem Tag sehen.

Ich holte meine Stadt unter dem Bett hervor. Sie war eingestaubt, die Folie hatte einen Riss. Ich baute den eingestürzten Turm in der Mitte wieder auf und klebte den Riss. Annes Knetfiguren waren nur noch ein Klumpen, aus dem Arme und Beine herausragten. Viel Zeit war vergangen.

Die feindlichen Kräfte hatten sich zusammengeschlossen – zu einem Felsen, der die Stadt bewachte. Erdbeben und tödliche Strahlen erzeugte er, niemand durfte die Stadt verlassen. Doch ein Wissenschaftler arbeitete an einem Plan, die Bewohner zu retten.

Ich zog Mutters weiße Schürze an, nahm mein Mikroskop, das ich mir zu Weihnachten gewünscht hatte, und verkroch mich unter meinem Schreibtisch. Das war mein unterirdisches Labor außerhalb der Stadt.

Zuerst musste ich wissen, ob ich schon verseucht war. Ich riss mir ein Haar aus, zog mir an den Fingerkuppen kleine Hautfetzen ab, legte alles auf den Objektträger. Im Mikroskop zeigte es sich als dunkle Schlieren und Streifen. Ich sah sofort, dass mir nur noch wenig Zeit blieb, ein Gegenmittel zu finden. Nur mein eigenes Blut konnte die Kräfte aufheben und die Stadt retten. Ein schweres Erdbeben schleuderte mich in meinem Labor hin und her.

Ich stach mit einer Nadel in meinen Daumen und drückte einen Tropfen Blut auf das Glasplättchen. Mit einem zweiten deckte ich es ab, verließ mein Labor und kroch zu dem Felsen. Schreiend stürzte ich mich auf ihn, durchbohrte die Knetmasse mit dem Objektträger. Das Glas zerbrach, ich schnitt mir in die Hand.

Am nächsten Tag sagte ich zu Willi und Andreas, dass ich sie nach der Schule treffen wolle, ich müsste mit ihnen etwas Wichtiges besprechen. Sie lachten und meinten, ich hätte wohl Schiss bekommen.

Sie warteten an der Straße, saßen schon auf ihren Fahrrädern – es sollte schnell gehen. Ich gestand, dass ich gelogen hatte. Ich machte eine Pause, sah schuldbewusst zur Erde, damit sie triumphieren konnten. Dafür müsse ich natürlich bestraft werden, sagte Andreas und grinste. Als sie gerade wegfahren wollten, redete ich weiter: Helga sei nicht meine Tante, weil mein Vater nicht mein Vater gewesen und meine Mutter nicht meine Mutter sei. Meine richtigen Eltern würde ich überhaupt nicht kennen, ich sei als Baby adoptiert worden. Ich erklärte ihnen, was das ist, genau so, wie ich es einmal von Onkel Ernst gehört hatte. Über einen seiner Bekannten hatte er gesprochen; Mutter hatte gesagt, es gebe nichts Schrecklicheres, als die eigenen Eltern nicht zu kennen. Sie hatte recht gehabt – Willi und Andreas waren ganz still. Keiner außer ihnen wisse davon, sagte ich; sie mussten mir versprechen, es niemandem zu erzählen. Meistens würden es die Kinder selbst nie erfahren. dabei komme das Adoptieren öfter vor, als man denke, sagte ich noch. Willi und Andreas fuhren schnell weg.

Auf dem Nachhauseweg musste ich laut lachen. Ich stellte mir Willi und Andreas vor, wie sie vor dem Spiegel stünden und nach Ähnlichkeiten mit ihren Vätern und Müttern suchten. Ganz die Mutter, hatten die Verwandten über mich gesagt. Sie würde nie erfahren, dass ich gelogen hatte. Ich war erleichtert.

Ich ging durch den Park der Marienkirche. Doch der Weg zwischen der Kirchenmauer und den Tannen wurde eng. Alles rückte an mich heran. Ich stolperte über Wurzeln; sie hatten die Erde aufgebrochen – als sei es verboten, hier zu gehen. Am Turm stand eine schwere Tür offen, ein schwarzes Rechteck, das man nicht ansehen durfte, weil sonst ein alter Mann herauskommen würde. Der Verbrecher, der vom fetten Engel erschlagen worden war, stünde dann vor mir, würde mich an der Jacke fassen, zerren und immer wieder fragen: Was hast du hier zu suchen, was hast du hier zu suchen; ich riss mich los, lief weg. Er verfolgte mich, ich konnte sein Atmen hören hinter mir, sein Fluchen: Dich erwisch ich schon. Ich sprang in die Hecke, kletterte auf den Zaun und ließ mich auf den Gehweg fallen. Ein alter Mann blieb stehen, kam näher, bückte sich und fragte, ob er mir helfen könne. Er gab mir ein Taschentuch, meine Nase blutete. Ich schüttelte den Kopf, stand auf und ging weiter. An der Ampel drehte ich mich um. Niemand folgte mir.

In den Mittagspausen sitze ich im Büro des Ladens und schließe die Augen. Ich will nicht einschlafen, konzentriere mich auf die Geräusche- das Stimmengewirr draußen, das Piepsen und Rattern der Kassen. Die Kollegen sagen die Preise an, fragen die Kunden, ob sie eine Tüte haben möchten. Damals hatte ich eine kleine rote Kasse aus Plastik. Man konnte den Preis einstellen, und die Lade sprang mit einem Klingelzeichen heraus. Marion bezahlte mit Pfennigen. Ich bedankte mich, Marion ging aus dem Laden, indem sie sich umdrehte. Ich gab ihr das Geld zurück, und sie kam als eine andere Kundin wieder herein.

III

In der Schule waren jetzt alle sehr nett zu mir. In der Pause musste ich beim Bäcker nicht mehr in der Schlange stehen. Sie ließen mich nach vorne, klopften mir auf die Schulter. Manchmal schenkte mir Willi einen Schokokuss. Ich war davon überzeugt, dass Willi und Andreas nicht geschwiegen hatten. Die ganze Klasse wusste sicherlich Bescheid.

Ich erzählte immer noch Geschichten, aber sie hörten nicht mehr zu. Sie rauften lieber, wälzten sich auf dem Boden, lobten sich für die harten Schläge. Nur Marion blieb geduldig bei mir stehen.

Marion war neu in der Klasse. Ihre Eltern kamen aus einer anderen Stadt. Sie sprach hochdeutsch und sah viel älter aus als die anderen Mädchen mit ihren bunten Spangen und Schleifen an den Zöpfen. Wenn sie auf der Schulbank saß, glaubte man, die Lehrerin sitze mitten unter den Schülern. Willi und Andreas nannten sie Leuchtturm. Aber sie hatten Angst vor ihr, denn sie war kräftig. Im Turnen wollte sie jeder in seiner Mannschaft haben, in den Pausen war sie allein. Die Mädchen in der Klasse machten einen Bogen um sie. Marion hatte schon Brüste, man konnte sie unter der Bluse sehen. Ich schwitzte in ihrer Nähe; wollte mit ihr zusammen sein und wünschte mich weit weg.

Wir trafen uns zum Spielen. Die ersten Male sammelten wir Blätter und Früchte, verkauften sie an unserem Gemüsestand. Sie war der Kunde, und ich bediente. Marion gefiel das Spiel nicht. Sie schlug vor, ein Ladendieb zu sein, der von mir gefasst und zur Polizei gebracht wird. Wir gingen zu ihr nach Hause – das sei die Polizeiwache.

Sie wohnte in einem schönen Haus, eines von denen, die wir früher auf unseren Spaziergängen beobachtet hatten. Die Möbel waren neu: Couch und Sessel mit weichen, seidigen Stoffen bezogen, das Holz der Tische und Schränke gewachst und rötlich glänzend. In geschliffenen Vasen standen Blumen an den Fenstern. Nachmittags seien ihre Eltern meistens nicht da, sagte Marion.

Ich musste sie verhören und einsperren. Unter dem Esszimmer-Tisch war die Gefängniszelle. Marion holte aus dem Kleiderschrank ihres Vaters ein paar Gürtel. Ich fasste das weiche Leder und die silbernen Schnallen an; fragte, ob wir die denn nehmen dürften. Sie sagte, er werde nichts merken. Sie war aufgeregt. Ich musste ihre Hände und Füße an die Tischbeine binden. Ich hatte das Gefühl, in heißes Wasser zu steigen. Kann auch wirklich niemand kommen? fragte ich. Wir spielen doch nur, sagte Marion.

An einem anderen Nachmittag waren wir in Rom. Sie zog die Hose aus, machte sich aus einem zerrissenen Hemd eine Toga, trug Badesandalen. Sie war eine Sklavin, die verkauft wurde. Ich ersteigerte sie auf dem Markt und schleppte sie gefesselt weg. Eine Wäscheleine schnürte ihren Körper ein. Sie jammerte und stöhnte, aber ich hörte nicht auf, das hatten wir abgemacht. Ich vergaß alles um mich herum, dachte an nichts mehr.

Nach den Spielen ging sie in das Badezimmer und wusch sich. Oft spielten wir noch Memory, und ich ließ sie gewinnen.

Ich zeigte ihr auch die Marienkirche. Sie fürchtete sich nicht vor dem alten Mann. Sie ging hinein, ich blieb einige Schritte hinter ihr. Neben dem Eingang brannten Kerzen, auf eiserne Dornen gesteckt, eine große Schale darunter war schon mit Wachs gefüllt. Marion hatte den Kopf in den Nacken gelegt und ging den Mittelgang weiter, sah zum Altarfenster, das in der Sonne leuchtete. Rot, gelb, grün und viele Farben, die keine Namen haben. Ich wollte ihr von meinen Lügen erzählen.

Im Herbst holten wir keine Kastanien, ließen keine selbstgebauten Drachen steigen. Im Winter bauten wir keine Schneemänner, gingen nicht zum Schlittenfahren. Die Kinder im Garten nebenan bewarfen sich mit Schneebällen – wir hatten das Wohnzimmer abgedunkelt.

Sie lag vor mir auf dem Boden. Sie hatte ihre Bluse hochgekrempelt, und im Licht einer Schreibtischlampe untersuchte ich ihren Nabel, tastete den Bauch ab. Sie wusste, dass ich operieren musste.

Sie zog die Bluse ganz aus; ich starrte sie an. Sie trug einen Büstenhalter, wie ich sie schon bei Mutter und Anne gesehen hatte, aber ihrer war kleiner und nicht so fest. Marion setzte sich und öffnete den Verschluss. Tut es überall weh, fragte ich. Sie nickte und legte sich wieder hin. Ich strich über ihre Brüste. Es war ein Spiel; ich verstand nicht, was ich empfand. Ich sah mir zu, wie ich mit dem Finger um den braunen Hof Kreise zeichnete. Marion atmete kaum, lag ganz starr, mit geballten Fäusten.

Ich knöpfte ihre Hose auf, ich wusste nicht, warum. Ich zog sie herunter, streifte ihr Höschen ab. Sie half mir dabei, sie kam mir entgegen; sie kannte es, woher kannte sie das alles. Morgen würden wir wieder in der Schule sitzen. Sie hatte schon ein paar Haare, wo ich noch kahl war. Ich hatte Arme einmal nackt im Badezimmer gesehen, aber sie war erwachsen und meine Schwester.

Marion spreizte ein wenig die Beine. Ich folgte dem kleinen Schlitz. Er fühlte sich sehr schön an, und es war warm dort. Ich glaubte nicht mehr an das Spiel. Ich ließ meine Hand auf ihr liegen, legte mich neben sie. Ich habe gelogen, sagte ich.

Ich ließ meinen Finger in ihr verschwinden, so weit es ging; versteckte meinen Kopf unter ihrer Achsel, schloss die Augen. Alles ist erfunden: Es gibt keine Abenteuer, keine Tante in Norwegen, keine anderen Eltern, wie ich es Willi und Andreas erzählt habe. Mein Vater ist tot. Ich konnte es mir selbst nicht glauben.

Ihr Schweiß lief über mein Gesicht, er roch scharf, wie Essig; ihr Arm war kalt. Wenn man tot ist, atmet man nicht mehr, sagte sie. Wir hielten den Atem an. Marion hielt länger durch. Noch einmal, jetzt schaff ich's: Ich spürte meine Finger nicht mehr, vor den Augen wurde es rot, aber ich konnte noch – der Kopf wurde dick, alles drehte sich. Ich gab auf. Marion konnte besser sterben als ich.

Die Eltern würden an diesem Tag sehr spät kommen. Ich durfte Marion waschen. Sie stand in der Badewanne, ich seifte sie ein, schrieb Buchstaben in den Schaum auf ihrer Haut; zeichnete Figuren auf ihren Rücken, die sie erraten musste. Ich wollte mich nicht ausziehen, ich schämte mich.

Den ganzen Abend lang saßen wir dann am Esstisch vor dem großen Fenster, aßen Kartoffelchips und tranken Limonade. Im Garten war es still, die Nachbarskinder waren sicher schon im Bett.

Im Tal lag die Stadt, beleuchtet, umgeben von schwarzen Bergen und Wäldern, wie ein Schiff im Fjord. Lichter bewegten sich, und das weiße, breite Band war die Hauptstraße. Tag und Nacht fuhren dort Autos und Lastwagen an den Häuserblocks vorbei. »Mietskasernen«, hat sie Onkel Ernst genannt; es werde immer mehr davon geben – die Stadt wachse. Ich sagte Marion nicht, dass wir in eine dieser Kasernen umgezogen sind; sie hatte auch nicht gefragt. Sie suchte die Marienkirche, konnte sie aber nicht finden. Ich schlug ihr vor zu heiraten.

Wir legten die Memory-Karten aus; ich sammelte die Kirschen ein und holte mir die Äpfel. Marion griff oft daneben; ich wurde ungeduldig, verstand nicht, warum sie die Karten nicht wiederfand. Sie hatte doch gesehen, dass die zweite Orange oben an der Ecke lag – wieso deckte sie dann eine Karte in der Mitte auf. Ich fragte sie, ob sie überhaupt spielen wolle; vielleicht dachte sie, es sei Kinderkram. Die Früchte waren groß und bunt gemalt, sie sahen nach Baby-Spielzeug aus; ich hatte kein anderes Memory. Sie wollte unbedingt weiterspielen, aber am Ende hatte sie nur die Birnen.

Ich ging, bevor Marions Eltern kamen; ich wollte sie nicht sehen. Ganz allein ging ich nach Hause. Schnee fiel von den Bäumen, Hunde bellten, es raschelte im Dunklen ohne Grund, doch ich hatte keine Angst. Ich war kein kleiner Junge mehr.

Ingrid verlässt mich nicht. Sie geht einfach aus beruflichen Gründen ins Ausland. Siever lächelt: »Das machen Erwachsene manchmal so.«

Ich sitze jetzt schon ganz anders in der S-Bahn – als würde daheim keiner auf mich warten, als brenne in der Wohnung kein Licht. Ich werde Ingrid nichts mehr erzählen müssen, wenn sie fort ist. Nur noch schlafen, denke ich, mit offenen Augen. An meinen freien Tagen werde ich liegenbleiben; ich werde absichtlich den Moment verpassen, in dem mir die eigene Wärme im Bett zuwider wird. Ich werde ihr nicht mehr zeigen können, was ich im Haushalt erledigt habe, während sie bei der Arbeit war. Es waren sowieso nur Beweise dafür, dass ich immer noch funktioniere. Ich werde mir nicht mehr vormachen müssen, auf sie zu warten, wenn ich mit leerem Kopf in der Küche sitze.

Ich schließe die Wohnungstür auf und wundere mich, dass Ingrid überhaupt noch da ist.

In der neuen Wohnung hatte ich mein eigenes Zimmer. Vaters Schreibschrank stand darin, ein alter Sessel und ein Regal, das ich mir von meinem Geld, einem Teil der Erbschaft, gekauft hatte. Ich wollte unbedingt aufs Gymnasium gehen, wie Marion, und ich brauchte Platz für die Bücher. Ein paar hatte ich schon; die dicksten und schönsten gab mir Mutter: Quo vadis, Die Nackten und die Toten – sie waren in Leder gebunden und die Buchrücken golden verziert. Einige Jahre lang waren solche Bücher regelmäßig zugeschickt worden, weil Vater in einem Club war. Mutter sagte, er habe sicherlich kein einziges gelesen. Ich würde sie bestimmt einmal lesen. Anne hatte mir Plakate geschenkt; der Hamburger Hafen war auch dabei.

Annes Zimmer war nebenan. Ich hörte ihren Sänger und nachts das Quietschen des Bettes, wenn sie sich hin und her drehte. Sie schlief schlecht, manchmal überhaupt nicht. Morgens war sie zuerst im Bad; stand vor dem Spiegel, trug Make-up auf, damit man die dunklen Ringe um ihre Augen nicht sähe. Sie zog sich immer die schönsten Kleider an, ging aber selten aus dem Haus. Sie habe Angst vor draußen, sagte sie. Ich fragte, was ihr denn dort passieren könnte; ob sie vielleicht glaube, von einem Auto überfahren zu werden. Sie wusste nicht, wovor sie Angst hatte. Mutter winkte jedesmal ab, wenn wir darüber sprachen. Anne sei ganz gesund, sie esse wieder normal und habe keine Schmerzen, sie müsse nur weiterhin ihre Tabletten nehmen. Dabei sah sie Anne an, wie man auf eine Uhr sieht, die einmal stehengeblieben war.

Anne hatte ihre Stellung gekündigt. Zusammen mit Mutter verkaufte sie jetzt Teppiche, die im Dutzend zur Hälfte aufgerollt im Wohnzimmer lagen. Die Frankfurter Firma, es war die gleiche, für die Mutter auch Musterkarten geklebt hatte, sparte sich so eine Ladenmiete und konnte die Teppiche billiger verkaufen. Unsere Adresse stand jetzt in der Zeitung: »Teppiche ab Lager«. Jeden Tag kamen fremde Leute in die Wohnung, sahen sich um, als könnten sie auch unsere Einrichtung kaufen. Mutter verschloss schließlich alle Türen, nur den Flur und das Wohnzimmer durften die Kunden betreten. Anne pries die kräftigen Farben an und lobte die Qualität. Dabei hatten alle Teppiche Fehler, und wurde aus Frankfurt neue Ware gebracht, gab es genaue Anweisungen, welche Seite gezeigt werden durfte und was eingerollt bleiben musste. Viele Kunden beschwerten sich nach dem Kauf, Anne kam sich wie eine Betrügerin vor. Aber sie musste Geld verdienen, und die Teppiche seien ja billig. Manfred sagte, die Leute seien selbst schuld, sie wollten übers Ohr gehauen werden.

Manfred wohnte nicht mehr daheim. Er hatte von Vaters Geld den Führerschein gemacht und ein Auto gekauft. » Verkaufskanone« nannte er sich. Er besuchte uns abends, wenn er in der Gegend war. Zuerst öffnete er seinen Koffer, nahm Hemden und Krawatten heraus, damit sie nicht zerknitterten. Dann hing er seine Jacke auf einen Bügel an die Garderobe. Er setzte sich auf die Couch, legte die Beine hoch und bekam von Mutter eine Flasche Bier oder ein Glas Wein. Manfred berichtete von seinen Geschäften; er verkaufte Kleider, Möbel, Elektrogeräte. Er beschrieb uns die Städte, die er schon gesehen habe –, bis Bremen sei er gekommen; erzählte von den Hotels, in denen er übernachtet habe: Noch seien es bessere Absteigen, mit vergilbten Tapeten und Nachttischlämpchen ohne Glühbirnen, aber er sei auf dem richtigen Weg.

Mutter hörte aufmerksam zu, schenkte nach, wenn sein Glas leer war. Nicht so viel, ich muss noch fahren, sagte er, um ihr enttäuschtes Gesicht zu sehen. Nur ein Witz, er bleibe natürlich über Nacht. Mutter strahlte. Auch Anne trank mit, stellte Fragen, lachte und freute sich, Manfred dazuhaben – sie war wieder ganz normal.

An Vaters Schreibschrank machte ich Hausaufgaben und schrieb Briefe an Marion. Wir gingen am Gymnasium nicht mehr in dieselbe Klasse, sahen uns oft nur noch in den Pausen. Nachmittags blieb für uns weniger Zeit, weil sie Nachhilfeunterricht bekam oder lernen musste. Ich schrieb Marion jeden Tag; wie es in der Schule gewesen war, was ich gemacht hatte, welche Spiele ich erfand. Es waren auch Geschichten dabei. Ich stellte mir vor, ein Seemann zu sein, der seit Monaten auf seinem Schiff um die Welt fährt und seiner Frau zu Hause Nachricht gibt, damit sie sich keine Sorgen macht. Geschichten las Marion am liebsten. Doch über Tante Helga schrieb ich nichts, obwohl Marion immer noch nach ihr fragte. Ich gab ihr die Briefe in der Schule. Große rote Herzen hatte ich neben ihren Namen gemalt, und auf den Umschlägen stand »Geheim!«.

Streng geheim war die Schachtel, in der ich Helgas Foto aufbewahrte. Sie war hinten in der Schublade versteckt, bei Vaters Papieren, die Marion erst bei unserer Hochzeit sehen dürfte. Ich wollte mich mit Vaters Pass ausweisen.

Wir stünden in der Marienkirche am Altar, vor uns läge die Bibel, ein geflochtenes Band an der aufgeschlagenen Stelle. Die Kirche wäre leer, keine Gäste, weil es niemand wissen durfte, dass wir heiraten. Wir hatten in ein anderes Land fliehen, unsere Verfolger abschütteln müssen, wie ich es in einem Film gesehen hatte. Nur die Frage wäre in der Stille zu hören. Wir würden niederknien, Marion nähme meine Hand.

Wir sind in Sicherheit, wenn der alte Mann kommt.

IV

Woran ich mich nicht erinnern kann: dass ich, von Vaters und Mutters Händen gehalten, einen Hügel hinuntergeflogen wäre, sich der Himmel und die Bäume drehten und ich vor Lachen und Schreien keine Luft mehr bekam. Dass es Lieder gegeben hätte, die immer wieder vorgesungen wurden, und Geschichten, die immer gleich erzählt werden mussten, weil sie sonst falsch gewesen wären.

Allerdings habe ich auch nie blutige Spritzen auf dem Spielplatz gefunden oder Junkies im Park getroffen.

Ich sage die nächsten Termine bei Siever ab. Eine seiner Damen fragt mich am Telefon, ob ich nicht selbst mit ihm sprechen möchte; nein, sie solle es ihm ausrichten. Ich nehme mir Urlaub.

Ingrid und mir bleibt noch eine Woche. Wir haben uns viel vorgenommen in den letzten Tagen vor ihrer Abreise. Wir werden auf der Alster Ruderboot fahren, in einem schönen Viertel der Stadt im Straßencafé sitzen, bei klappernden Markisen das Gefühl bekommen, Ansichtskarten schreiben zu wollen. Es ist ein sonniger Herbst.

Ich werde mich jeden Morgen kalt duschen. Ich werde meine

Haut eincremen, mit der teuren Salbe, die ich gekauft habe. Siever sagt, ich müsse gut zu mir sein; verschwenderisch gut. Die Falten um meine Augen kommen vom Lachen, das ist doch attraktiv bei Männern. Ich werde wach sein und aufmerksam, ich werde sie wie eine Fremde ansehen, mich um sie bemühen; aber so, als brauche ich sie nicht – das wird ihr gefallen.

Was ich Siever verschweigen werde: dass ich mit Marion eine Reise gemacht habe. Marion hatte mir vorgeschlagen, gemeinsam mit ihrer Familie an Ostern in die Ferien zu fahren. Sie habe ihre Eltern schon gefragt, die hätten nichts dagegen, Platz sei genug. Wir könnten spielen, und sie hätten ihre Ruhe. Eine Wohnung auf Texel, einer holländischen Insel, da seien sie jahrelang hingefahren, als sie noch in Essen wohnten. Ich hätte doch das Meer so gern. Ich hätte heulen können vor Glück.

Ich lief sofort nach Hause, um Mutter und Anne zu fragen. Aber sie hatten einen Kunden. Ich ging in mein Zimmer und schlug den Atlas auf – die Inseln waren grüne Kleckse im Blau, man konnte von einem zum anderen springen. Ich würde Mutter und Anne von dort erzählen können, und sie würden mir zuhören, wie sie es bei Manfred taten. Ich sah mich um, überlegte, was ich mitnehmen müsste. Meine Geheimschachtel, den Atlas; ich würde mir von Vaters Geld einen Koffer kaufen, einen, den ich allein tragen kann. Keiner könnte mir verbieten, mit Marion wegzufahren.

Mutter erlaubte es. Sie sagte, sie kenne zwar die Leute nicht, aber das sei sicher in Ordnung. Sie wusste, dass Marions Eltern ein eigenes Haus hatten – das reichte. Ich hätte mir gewünscht, es wäre schwieriger gewesen. Statt dessen fragte sie, wann wir denn führen und wie lange ich wegbliebe. Das hatten wir überhaupt noch nicht besprochen. Anne wollte mich nicht fortlassen – ich versprach ihr,

Muscheln und Sand mitzubringen. Sie wollte beides in ein Glas füllen und an ihr Fenster stellen.

Am nächsten Tag kauften wir eine karierte Reisetasche; Koffer seien zu teuer, und Mutter wollte noch neue Unterwäsche und Strümpfe für mich besorgen, man müsse sich ja schämen.

Freitag Abend stand ich dann zusammen mit Mutter an der Straße vor dem Haus, frisch gewaschen, mit dick gepackter Tasche neben mir. Marions Vater wollte nachts nach Essen fahren, bei den Großeltern würde man sich etwas ausruhen, bevor es weiterginge. Es war mir nicht recht, dass sie mich abholten – jetzt würden sie unseren hässlichen Wohnblock sehen, den schmutzigen Mülleimer, auf dem unser Name stand, mit weißer Farbe draufgeschmiert. Ich habe bei Marion nie einen Mülleimer gesehen. Aber Mutter hatte sich schön gemacht, sie würde Marions Eltern sicher gefallen. Ich war aufgeregt.

Ein großer Wagen fuhr an die Bushaltestelle. Eine Tür wurde geöffnet, im Auto ging das Licht an. Ich konnte Marion nicht sehen. Eine Frau stieg aus und kam auf uns zu. Sie lächelte, gab Mutter die Hand, sagte, sie sei Marions Mutter, schön, dass wir uns endlich kennenlernen, wobei sie mich ansah. Sie kam mir kleiner als Marion vor und gefiel mir sehr; sie strich nicht über meinen Kopf. Mutter bedankte sich für die Einladung. Marion kam dazu und half, die Reisetasche in den Kofferraum zu packen. Ihr Vater blieb im Auto sitzen, drehte nur die Scheibe herunter, um uns Guten Abend zuzurufen. Wir beeilten uns, er konnte nicht lange an der Haltestelle stehen. Ich verabschiedete mich schnell, ich wollte auch nicht von Mutter in die Arme genommen werden, nicht, wenn Marion dabei war. Ich saß neben ihr auf dem Rücksitz. Als wir abfuhren, drehte ich mich um und sah aus dem Heckfenster. Mutter stand an der Straße und winkte. Neben ihr stand plötzlich ein Mann – es war Onkel Ernst. Wir bogen um die Ecke. Sie war verschwunden.

Wir fuhren auf die Autobahn. Marions Mutter setzte sich schräg und fragte mich, wie es mir gehe, ob ich müde sei. Sie sprach nicht davon, dass es meine erste Reise war, redete nicht über das Meer, als hätte ich es noch nie gesehen. Marion hatte sicherlich gesagt, dass es das erste Mal sei. Ich war nicht müde.

Solange es noch hell war, konnte ich manchmal seine Augen im Rückspiegel sehen; kleine Tieraugen, aber nicht böse. Er unterhielt sich nicht mit mir, nur mit seiner Frau sprach er, im Flüsterton. Als es dunkel wurde, legten wir Marions Taschenlampe zwischen uns auf den Sitz und spielten Autoquartett. Unser Wagen war auch dabei, es war eine gute Karte. Blaue, beleuchtete Schilder zogen vorbei und schwarze Wälder. Wir fuhren, wir werden die ganze Nacht fahren; ich war weit weg von zu Hause, ich würde nie mehr zurückkommen können. Ich blinzelte, ich wollte nicht einschlafen.

Marions Kopf lag auf meinem Bein, als ich die Augen aufschlug. Ich hätte ihn gerne gestreichelt. Marions Mutter hatte ihren Kopf an die Scheibe gelehnt. Ich sah wieder seine Augen im Rückspiegel. Er fuhr langsam; flache Gebäude, Hallen mit großen Fenstern, die Straße spiegelte sich darin. Ich hätte mit ihm reden müssen – er wusste, dass ich wach war. Ich fragte mich, wo wir sind.

Mein Vater hätte mir erklärt, woran in den Hallen gearbeitet wird, was hinter den Eisentoren ist. Bei Schwuring stand er an der großen Säge; er hatte sie uns gezeigt: Das Blatt hatte den Durchmesser einer ganzen Armlänge. Er musste Ohrenschützer tragen, er wäre sonst vom Lärm taub geworden. Am »Tag der offenen Tür« sind wir durch den Betrieb gegangen. In der Kantine gab es Bier vom Fass und Butterbrezeln für alle. Vater stellte uns seine Kollegen vor. Richard, Albert und Lothar waren verlegen. Albert nahm die Hand nicht aus der Hosentasche, weil ihm zwei Finger fehlten. Für einen Schreiner sei es ein Glücksfall, wenn er noch alle habe, hatte Vater später gesagt.

Marions Vater hielt das Lenkrad sacht zwischen den Fingern, wie ein Blatt Papier. Er wäre bestimmt einer von Vaters Vorgesetzten gewesen.

Die Kollegen unterbrachen das Gespräch, sahen auf und grüßten, als einer der Fabrik-Besitzer am Tisch vorbeiging. Der nickte nur.

Vor einem gelben Reihenhaus blieben wir stehen. Er schaltete den Motor ab. Marion wachte auf und fror. Ihre Mutter rieb sich den Nacken. Die Großeltern kamen aus dem Haus, bevor wir ausgestiegen waren. Marions Mutter holte eine Tasche aus dem Kofferraum. Er nahm den alten Mann in die Arme, ohne ihn zu berühren, Marions Großvater duckte sich dabei. Die Oma kümmerte sich zuerst um Marion und mich. Sie roch aus dem Mund; ich ekelte mich vor ihr.

Er ging ins Haus und kam schnell wieder zurück. Die Kinder sollen sich ein wenig hinlegen, sagte er. Er schob uns eine schmale Treppe hoch; auf den Stufen lagen Strümpfe. In einem kleinen Zimmer standen zwei Klappbetten. Er räumte einen Haufen schmutziger Wäsche weg und machte ein Fenster auf. Wir wecken euch dann. Ich musste aufs Klo, aber ich traute mich nicht zu fragen; er hätte sicher nicht gewollt, dass ich es sehe. Er schloss die Tür, ging wieder nach unten. Wir zogen uns nicht aus, legten uns in den Kleidern auf die speckige Bettwäsche. Er wird mit Oma und Opa schimpfen; er sagte, sie leben wie die Schweine. Marion erzählte mir auch, dass Oma manchmal in die Hosen mache. Opa müsse sie pflegen, aber er sei selbst alt, und es gehe ihm nicht gut. Ihr Vater würde ein gutes Heim bezahlen. Ich hatte keine Großeltern mehr, doch Marions Opa und Oma waren auch meine. Ich gehörte dazu – »die Kinder« hatte er gesagt. Marion zeigte mir das Klo; ich sah mich nicht um. Wir rückten die Betten näher zusammen, und Marion gab mir die Hand. Ganz glatt war ihre Haut, sie würde immer so bleiben, wir würden nie älter werden. Ich schlief jeden Abend ein und wachte als derselbe wieder auf. Ich wusste sofort, dass ich es war, der die Augen aufschlug. Aber an diesem Abend, im Haus von Marions Großeltern, kam mir der Gedanke, einzuschlafen und als alter Mann aufzuwachen, mit braunen Flecken auf der Haut und Falten im Gesicht. Vielleicht könnte man sich in der Nacht irgendwie verlieren oder verirren; wie beim Schlafen im Auto während der Fahrt – morgens ist man in einer anderen Stadt, ohne etwas vom Weg zu wissen. Es war unbequem, Marions Hand zu halten, doch ich ließ nicht los.

Erst gegen Mittag fuhren wir weiter. Wir hatten die Großeltern nicht mehr gesehen. Vorsichtig aßen wir belegte Brote und tranken Tee aus der Thermosflasche. Er hatte gesagt, wir sollten die Sitze nicht schmutzig machen. Marion wollte spielen, aber ich sah lieber aus dem Fenster, den überholten Autos hinterher. Wir fuhren immer links, weil wir so schnell waren. Außerdem wollte ich zuerst das Meer sehen. Marions Mutter lachte: Das dauere noch ein bisschen.

Wir kamen an die holländische Grenze, die Beamten sprachen deutsch. Die Autokennzeichen waren jetzt orange, auch die Straßenschilder sahen anders aus. Marion machte sich einen Spaß daraus, die Werbetexte auf den Reklametafeln zu lesen. Wir fuhren durch kleine Städte, immer geradeaus. Es gab schon lange keine Berge mehr, die Felder reichten bis zum Horizont. Ich glaubte immer, die Küste zu sehen. Marions Mutter beschrieb mir die Insel und das Dorf, in dem wir wohnen würden: Es gebe eine Straße mit Läden, Imbissbuden und Restaurants, sie führe zu den Dünen; um das Haus herum sei ein Wald – die Bäume kaum größer als ein Mensch.

Vor Den Helder fing es an zu regnen. Die Fähre wartete schon. Ich rückte in die Mitte und sah vorne zur Windschutzscheibe hinaus. Das hatte er mir während der Fahrt verboten, er könne dann im Spiegel nichts mehr sehen. Mehr hatte er nicht gesagt, die ganze Fahrt lang. Das Land hörte einfach auf. Zwei Männer in Uniformen winkten uns zu, und wir fuhren über eine Rampe in das Schiff.

Ingrid gefällt es, wenn ich Pläne mache. Sie möchte das Gefühl haben, dass ich mich um alles kümmere. Ich bemühe mich, morgens vor ihr aufzuwachen, schon angezogen zu sein, Kaffee gemacht zu haben. Sie reibt sich den Schlaf aus den Augen; ich stehe am Bett und spiele den Ungeduldigen: Jetzt aber raus – wir wollten doch in den Sachsenwald. Ingrid lächelt und dreht sich wieder auf die Seite, damit ich nicht nachlasse. Ich darf mich nicht setzen, ich muss die Spannung halten; ich würde mich am liebsten wieder zu ihr legen. Doch dann stünde sie auf: Und? Was ist? Wollten wir nicht gehen? Dann hätte sie gewonnen. Ich bin müde.

Als die Fähre ablegte, standen Marion und ich im Regen an der Reling, den Dieselqualm des Schornsteins in der Nase. Das Meer sah dick aus, wie Lehm. Die Männer in Uniform schlossen ein Gitter, wo zuvor noch die Rampe gewesen war, und liefen mit eingezogenen Köpfen in ein kleines Häuschen aus Glas. Der Pier war leer; niemand winkte mit Taschentüchern, keiner warf Papierschlangen in den Wind – wir fuhren nicht nach Amerika.

Marions Mutter holte uns herein. Die Passagiere saßen in der Cafeteria, tranken und rauchten. Marion aß Pommes frites. Die Fensterscheiben waren mit Wassertropfen bedeckt. Du wirst das Meer noch lange genug sehen, sagte Marions Vater. Ich überlegte mir, ob ich ihn leiden kann.

Es war ein schönes Ferienhaus. Es stand allein im Wald. Der Regen hatte aufgehört, die kleinen Bäume tropften. Auf der Terrasse lag Sand. Marions Eltern fuhren noch eimnal ins Dorf, um einzukaufen. Wir sollten nicht an den Strand gehen, sondern auspacken; es gebe dann bald etwas zu essen. Ich war enttäuscht – wenn sie nicht da wären, könnten wir hier zu zweit wohnen, für uns kochen, in einem Bett schlafen, ans Meer gehen, wann immer wir wollten. Statt auszupacken, sahen wir im Fernsehen Zeichentrickfilme, lutschten Brausestangen. Marion hatte viele verschiedene Sorten dabei. Erdbeer, Himbeer, Waldmeister, wir probierten alle. Wir lachten über die vertrauten Zeichentrickfiguren, die jetzt holländisch sprachen. Marion ahmte sie nach; sie konnte das sehr gut.

Nach dem Essen gingen Marion und ich nach draußen. Es war schon dunkel, aber der Himmel schimmerte in einem grauen Licht. Ich hatte gedacht, man würde schon auf der Terrasse das Meer rauschen hören – wir hörten nichts. Zehn Minuten von hier, sagte Marion, in diese Richtung, durch den Wald. Marions Mutter rief uns ins Haus zurück.

Wir lagen in unseren Betten und verabredeten, einmal in der Nacht ans Meer zu gehen. Wir würden uns Fackeln kaufen und sie am Strand anzünden. Wir würden uns voreinander verstecken, und wer zuerst Angst bekomme, müsse zur Strafe alles machen, was der andere von ihm verlange; einen ganzen Tag lang.

Ich trank nur einen Kakao zum Frühstück. Marions Eltern waren noch nicht angezogen; sie saßen in Bademänteln am Tisch. Wir könnten alleine gehen, sagten sie, Marion kenne ja den Weg. Ich hatte es eilig.

Der Himmel war bedeckt, es war windstill. Wir gingen durch den Wald, die warme Luft roch nach Harz. Ein plattgetretener Sandweg führte in die Dünen. Der Weg stieg an. Dielen lagen hier, aber das Gehen strengte an. Die Gräser bewegten sich nicht, mir wurde warm. Trotzdem nahm ich Marions Hand, und wir begannen zu laufen, der Kuppe entgegen, hinter der nur noch Himmel war. Dann standen wir oben, außer Atem, mit schwitzigen Händen, und sahen hinaus – unter uns, vor uns: Sand. Die Astronauten hatten für die Mondlandung in der Wüste geübt. Das Licht flirrte. Keine Form von Leben könne dort existieren; es sei ein Test für die Raumanzüge.

Weit draußen bewegten sich Punkte an einer glänzenden Naht entlang. Es ist Ebbe, sagte Marion. Wir rutschten die Düne hinunter, stapften breitbeinig durch den Sand. Die Anzüge behinderten uns, aber die Sauerstoffversorgung war stabil. Es knirschte unter den Füßen, überall lagen Splitter von Muscheln, bunte Taue, Holzkisten, Dosen und Flaschen.

Die Punkte wurden zu Menschen, es lief sich im feuchten Sand leichter. Ich hörte das Wasser rauschen. Als wir ganz nah waren, zischte es wie Kohlensäure. Ich krempelte die Hosen hoch, ging in das flache Wasser, immer weiter hinaus. Ich fror. Ich bückte mich, machte meine Hände nass, leckte mir die Finger.

Es war nicht der Mond und auch nicht die Wüste. Wir brauchten keine Raumanzüge. Wir ließen sie am Strand liegen, bei den Tauen und Flaschen.

An der Buhne zeigte mir Marion kleine Krebse, die in Pfützen zwischen den Pfeilern schwammen. Sie fand auch große Scheren von Krabben; die Möwen hätten sie übriggelassen, sagte sie. Wir fischten die Krebse mit den Händen heraus und steckten sie in einen Eimer, den wir mitgenommen hatten. Marion trug ihn fort, leerte ihn aus, wo der Sand trocken war. Sie wollte sehen, wie die Krebse zum Wasser zurücklaufen. Aber sie bewegten sich nicht. Marion gab ihnen mit dem Finger einen Schubs; sie würden sterben, wenn sie nicht ins Wasser kämen. Vielleicht wissen sie das nicht, sagte Marion.

Wir gingen am Strand entlang zum Dorf. Väter und Mütter spielten Ball mit ihren Kindern, bauten Burgen. Marion erzählte, ihre Eltern glaubten, ich sei adoptiert worden. Sie habe nicht gesagt, dass es gar nicht stimme. Ob es wirklich eine Lüge sei, fragte sie. Mein Vater war in Norwegen, sagte ich; er stand in einem Bunker, sah aufs Meer oder suchte den Himmel nach feindlichen Flugzeugen ab.

Von der Strandpromenade führte eine Straße durch das Dorf. Die Urlauber drängten in die Läden, sahen sich die Auslagen an, kauften Ansichtskarten und Geschenke. Über dem Eingang des Spielzeugladens hingen Drachen und bunte Wimpel. Marion bezahlte von ihrem Taschengeld zwei Pistolen und Munition. Beim Bäcker nahmen wir Zitronenkuchen mit.

Wir hatten den Auftrag, die Insel zu bewachen und vor Angriffen zu schützen. Marion nannte sich Helga. Wir sammelten Treibholz, bauten aus den Brettern und Kisten ein Lager am Strand. An ein paar Latten hängten wir ein großes Netz, das wir gefunden hatten, halb im Sand vergraben. Es war unser Dach und die Tarnung. Zwei aneinandergebundene leere Flaschen nahmen wir als Fernglas. Wir saßen geduckt unter dem Netz, und abwechselnd sahen wir auf das Meer hinaus. Wurde Alarm gegeben, schossen wir mit den Pistolen auf die Angreifer, die überall waren, oder jagten uns gegenseitig aus dem Lager in die Dünen. Wir erwischten alle Feinde, nur der Anführer überlebte. Er rief uns mit meiner Stimme zu, dass er uns schon noch kriegen werde, wir hätten keine Chance. Aber als der Wind auffrischte und die Flut kam, war er verschwunden.

Der Strand war schmaler geworden, die Buhne reichte weit ins Wasser. Wir gingen von Pfeiler zu Pfeiler nach vorne; das Wasser unter uns war grün und klatschte gegen den Stein. In ein paar Stunden sei die Spitze nicht mehr zu sehen. Wir standen mitten im Meer.

An den nächsten Tagen blieben Marions Eltern immer bei uns. Ostersonntag suchten wir gemeinsam im Ferienhaus nach den versteckten Geschenken. Marions Mutter hatte auch für mich ein Nest gemacht – Papiergras, Zuckereier, einen Schokoladenhasen und ein Buch über die Arbeit eines Leuchtturmwächters. Ich fand es in unserem Kleiderschrank. Ich schenkte Marion ein Memory-Spiel mit Tierbildern; ich hatte es nicht versteckt.

Wir gingen auch zusammen an den Strand. Ihr Vater sollte unser Lager fotografieren, doch es sei noch nicht fertig, sagte er; es würden ein Graben und der Schutzwall fehlen, er werde uns dabei helfen. Marion wollte nicht, sie wollte mit mir spielen und von ihm in Ruhe gelassen werden. Sie stampfte mit den Füßen auf den Boden, schrie ihn an, schob ihn weg. Ich dachte, er würde sie gleich ohrfeigen. Aber er nahm einfach die Schaufel und begann zu graben. Sie solle mit ihrer Mutter gehen, sagte er, sofort. Ich musste bei ihm bleiben, sollte ihm helfen, doch er ließ mich nur zusehen.

Während er arbeitete, erzählte er von seinen Reisen: Er habe die ganze Welt gesehen, beruflich sei er meistens unterwegs. Vertreter, dachte ich, wie Manfred – mit einem Auto von Hotel zu Hotel; Manfred würde auch sehr reich werden. Aber Marions Vater sprach von Flugzeugen und Schiffen. Ob er Norwegen kenne, fragte ich. Norwegen, Schweden. Dänemark – seine Firma habe überall Büros. Die deutschen Firmen seien die besten, jeder wolle mit ihnen ins Geschäft kommen, keiner könne es sich leisten, unfreundlich zu sein. Viele mögen die Deutschen nicht, sagte er, aber wenn sie viel Geld für ein Ferienhaus bekommen, dann sind alle nett.

Er war erschöpft und hielt die Schaufel ganz verkrampft. Später verzierte er den Wall mit Muscheln und Kieselsteinen, legte unsere Namen und das Jahr. Die Flagge fehlt noch, sagte er. Er nahm den Fotoapparat aus der Tasche, gab mir die Schaufel in die Hand – ich musste mich damit neben das Lager stellen. Es war nicht mehr unser Lager.

Er konnte nicht verstehen, warum ich meine Zeit mit Marion verbrachte. Das sei nicht gut, sagte er; ich solle ihm von meinen Eltern und Freunden erzählen – richtige Freunde, meine er, Jungs. In meinem Alter habe er eine Truppe von zwölf Jungs angeführt; Mädchen seien da langweilig gewesen. Das sagte er auch, wenn Marion dabei war. Dann redete er nur mit mir, und beim Spazierengehen ließ er mich nicht neben ihr gehen, sondern schickte Marion weg: Geh zu Mutter, sagte er. Marions Mutter sah ihn oft traurig an.

Er nahm mich zum Einkaufen mit, ohne Marion zu fragen, ob sie uns begleiten möchte. Er erklärte mir Ebbe und Flut und das Wattenmeer. Er zeigte mir allein den Leuchtturm; das Leuchtfeuer, die glänzenden Spiegel, in denen man sich nicht sehen konnte. Wir standen auf der Plattform, und ich getraute mich nicht, hinunterzusehen. Er nahm meine Hand; ich zählte die Stufen beim Hinuntergehen. Andere Familien kamen uns entgegen, außer Atem fragten sie, wieviel Stufen es noch seien. Na, wieviel sind es, fragte er mich. Zweihundert, sagte ich. Zweihundert, wiederholte er, da hören Sie's. Die Väter und Mütter stöhnten, die Kinder beneideten mich, weil ich gefragt worden war. In einem Souvenir-Geschäft kaufte er für mich einen Pullover, wie ihn die Matrosen tragen. Ich dachte an Marion; ich hätte bei ihr sein sollen. Aber ich ging gerne an seiner Hand und war sehr stolz auf den Pullover.

Marion wollte von mir nichts mehr wissen. Sie spielte das neue Memory mit ihrer Mutter und ging ins Bett, wenn wir von den Ausflügen zurückkamen.

Es klappt nicht. Wir haben eine Zeitbombe im Kopf. Wir müssen uns in einer Woche beweisen, dass wir miteinander glücklich sind und einander vertrauen; so glücklich, dass es weh tun wird, den anderen weit weg zu wissen – so vertrauen, dass er nicht weit weg sein wird. Es kann nicht klappen.

Ich war beim Rudern ungeschickt, musste einem Tretbootfahrer ausweichen. Der Alsterlauf ist eng, ich lenkte das Boot ins Ufergestrüpp, es ratschte an den Steinen entlang und kenterte fast. Wären wir glücklich gewesen, hätten wir darüber gelacht. Ingrid sagte: Und du wolltest Kapitän werden.

Anschließend saßen wir an der Mühle, tranken Bier und waren still. Mir fiel Harald wieder ein, ich konnte deutlich sein Gesicht sehen – als würde er bei uns sitzen und unter dem Tisch, verstohlen, nach Ingrids Hand greifen. Dabei hatte ich geglaubt, dass sich wenigstens diese Sache erledigt hätte.

Ich müsste ihr all das erzählen, was ich Siever erzähle. Aber wozu – die Erklärung für Misserfolge? Sie ist darauf nicht neugierig, Misserfolg lässt sich immer erklären. Immerhin habe ich noch die unerklärliche Krankheit. Siever hat schon recht, Krankheit ist auch ein Druckmittel. Er habe das nicht nötig, sagt er, er habe Erfolg.

Marions Vater wollte mit mir schwimmen gehen. Er lief nackt über den Strand. Im Wasser riss er die Arme hoch, sprang vorwärts, das Wasser spritzte, bis nur noch sein Kopf zu sehen war, der auf und ab trieb. Mir sei das Wasser zu kalt, sagte ich. Ich konnte nicht schwimmen. In der Schule gehörte es zum Turnunterricht. Einmal in der Woche ging die Klasse ins Hallenbad. Die Schwimmer zogen ihre Bahnen nach der Stoppuhr, tauchten nach Ringen und übten den Startsprung. Ich und zwei andere standen im Nichtschwimmer-Becken, ahmten die Armbewegungen nach, die uns der Lehrer am Beckenrand vorführte. Wir mussten zu dem Plastikseil mit den roten Kugeln gehen, wo wir nur noch auf Zehenspitzen stehen konnten. Ins Wasser legen! rief der Lehrer, Pflaumen! Erst beim Duschen bekam ich nasse Haare.

Die alten Männer wuschen sich länger als nötig. Das Wasser dampfte, sie rieben sich immer wieder mit Seife ein, und beim Abtrocknen zogen sie langsam das Handtuch zwischen den Beinen durch. Sie haben richtige Schwänze, sagte einer aus der Klasse. Vielleicht könnte ich schwimmen, wenn ich nicht mehr mit Marion zusammen wäre. Marions Vater hatte auch einen Schwanz.

In der vorletzten Nacht auf Texel weckte mich Marion auf. Sie leuchtete mir mit der Taschenlampe ins Gesicht, sagte, sie wolle jetzt an den Strand, sie sei schon angezogen. Ich war müde, aber froh, dass sie wieder mit mir sprach.

Wir schlichen durch das Haus, schlossen die Tür leise mit dem Schlüssel. Dicht nebeneinander gingen wir durch den Wald; es war stockdunkel, wir hatten keine Fackeln, Marion hielt die Taschenlampe umklammert.

Der Wind strich durch die Bäume, und auf der Düne hörten wir schon das Meer. Aber wir sahen nur die Dunkelheit, ein großer Saal ohne Fenster und Licht. Ich drehte mich nicht um, wollte nicht an unser Spiel und den Verfolger denken. Wir hatten seine Bande erschossen, aber er hatte gedroht, er werde uns noch kriegen. Vielleicht schlich er sich gerade an.

Am Strand war es neblig, das Licht der Taschenlampe schimmerte. Dann ging es plötzlich aus. Marion schrie, und ich sah, wie sie auf mich zukam, die Arme nach mir ausgestreckt; ich spürte, wie sie mich streifte – ich griff nach ihr. Sie war weg.

Ich zitterte, bewegte mich nicht von der Stelle, mein Herz klopfte immer schneller. Ich glaubte, sie zu sehen, rief ihr zu, ging ihr entgegen, kam zurück, horchte.

Sie hatte mir nur Angst eingejagt, wollte die Wette gewinnen. Sie machte die Taschenlampe wieder an und stand neben mir. Ich hatte vor Aufregung Nasenbluten; es tat ihr leid. Ich legte den Kopf in den Nacken, hielt mir die Nase zu, aber es hörte nicht auf. Wir gingen nach Hause.

Meine Jacke war vollgeblutet. Marion ging leise ins Badezimmer und wusch sie aus. Ich zitterte immer noch. Sie nahm mich in die Arme und streichelte mich. Wir lagen in meinem Bett, sie zog mich aus. Ich schnappte nach Luft, meine Nase war verkrustet.

Ich schämte mich nicht mehr, wollte alles genau sehen. Sie nahm ihn und drückte. Er wurde dicker und fühlte sich schwer an. Sie zog die Haut zurück – wie ich es auch schon getan hatte, beim

Waschen und abends im Bett. Doch von ihr war es viel besser. Ich fühlte mich stark und schwach, hielt Marion fest und kam nicht auf den Gedanken, sie zu streicheln – sie sollte nur weitermachen, nicht aufhören. Ich dachte an Marions Vater, bei ihm war alles viel größer; ich hatte die Adern sehen können, und überall wuchsen Haare.

Marion zog sich aus und legte sich zu mir. Ich musste ihn zwischen meine Beine klemmen, es tat weh. Ich wünsche mir, dass du ein Mädchen bist, sagte sie. Ich fragte, ob sie lieber ein Junge wäre. Sie wolle nichts, was ihr Vater auch will; ihre Mutter mache alles, was er verlange. Marion setzte sich auf mich, presste mit ihren Knien meine Schenkel zusammen. Ich spürte ihn klopfen. Sie sah auf mich herunter, beobachtete mich, wie wir die Krabben am Strand beobachtet hatten. Du hast einen roten Kopf, sagte sie, sonst sieht man nichts. Ihr Vater wolle sie nur wütend machen, damit er sie bestrafen kann – das gefalle ihm; aber sie wolle keine Wut zeigen – sie tue nichts für ihn. Marion drückte immer stärker ihre Knie gegen meine Beine. Ich schloss die Augen, das Klopfen hörte auf. Ich dachte zuerst, es sei Blut. Sie wusch mich mit einem Waschlappen ab; ich versuchte, das Bettlaken sauber zu bekommen. Wir schliefen eng beieinander, um nicht auf dem feuchten Fleck zu liegen.

Im Traum erfüllte ich Marions Wunsch. Ich trug unter meinen Sachen eines ihrer Höschen, einen Büstenhalter und eine Nylonstrumpfhose. Es war mir zuwider; ich bewegte mich langsam, achtete darauf, dass beim Sitzen die Hosenbeine nicht hochrutschten.

Ich sprach am nächsten Morgen kaum ein Wort mit ihren Eltern. Marions Mutter fragte, ob ich krank sei. Ihr Vater sah mich an, als wüsste er Bescheid. Was wir denn mit meiner Jacke angestellt hätten, wollte er wissen, die sei ja schmutzig und nass. Ich erzählte von meinem Nasenbluten, das ich abends im Bett bekommen hätte, aber er glaubte es nicht.

Der letzte Tag war schon geplant. Marions Vater wollte mit uns in das Vogelschutzgebiet. Wir saßen am Frühstückstisch, und er sprach gerade davon, als Marion und ich aufstanden: Wir möchten heute lieber spielen, sagte ich. Sie gab mir ihre Jacke und zog meinen Matrosen-Pullover an. Er brachte kein Wort mehr heraus. Draußen lachten wir; das hätte ich ganz toll gemacht, sagte Marion. Ich war sehr stolz.

Wir konnten uns gegen den Wind lehnen, spürten die Sandkörner wie kleine Nadelstiche im Gesicht. Der Sturm hatte unser Lager kaputtgemacht, hatte das Netz zerrissen und den Graben zugeschüttet; wir zertrampelten die Reste.

Ich holte den Sand und die Muscheln für Anne. Bis es zu regnen anfing, blieben wir im Inselinneren, versteckten uns hinter den Sanddornbüschen und erschreckten die Spaziergänger; suchten windgeschützte Plätze, um auf die Kaninchen zu warten. Sie sind ganz zutraulich, meinte Marion.

Ich wollte von den Ausflügen mit ihrem Vater erzählen, hätte alles genau berichtet, doch es war ihr gleichgültig. Es sei eine Strafe für sie gewesen, sagte sie, ich hätte keine Schuld. Trotz des Regens gingen wir nicht in das Ferienhaus zurück. Wir hofften beide, krank zu werden, dann könnten wir nicht zurückfahren. Wir schworen uns, immer zusammenzubleiben.

V

usgerechnet jetzt sehnt sich Ingrid nach der Heimat; will nach England und denkt an den Neckar. Auf dem Tisch steht eine brennende Kerze – wir hätten die alten Fotografien nicht ansehen dürfen: Das indische Kleid und die Latzhose waren damals schon nicht mehr modern.

Ich möchte nicht mit dir schlafen, sage ich, Sex aus Sentimentalität ist nicht gut. Ich bin stolz auf die Verweigerung, ich lächle und streichle sie. Sie hat glänzende Augen. Ich habe Oberwasser; wahrscheinlich zahle ich ihr die Bootsfahrt heim.

Es fing mit einem Betrug an. Wusstest du, dass ich mich mit Harald nur angefreundet hatte, um an dich heranzukommen? Es war ganz einfach, er war ja stadtbekannt. Er war Initiator, wann immer etwas zu initiieren war; Diskussionsleiter, wo auch immer diskutiert wurde. Beim Jugendfestival stand er auf der Bühne, das Mikrofon in der Hand, kündigte die einzelnen Gruppen an. Der Marktplatz war übervoll. Harald machte Stimmung und gab der Veranstaltung das nötige Gewicht. Ich glaube, bewegter Christ war er auch, oder? Integrationsfigur nennt man das wohl.

Du hast unten an der Bühne gewartet. Ich ahnte sofort, dass er dein Freund ist. Ich kannte dich schon gut.

Ich hatte dich wochenlang beobachtet. Du hast dein Praktikum in der Stadtbücherei gemacht, weißt du noch? Da habe ich dich zum ersten Mal gesehen. Du und die Kollegin im Gespräch, du an der Ausleihe, du am Büchertisch; ich roch dich beim Vorbeigehen. Einmal hast du mich sogar angerempelt, und ich spürte deinen Po. Jeden Tag war ich dann bei dir, anstatt zu studieren. Ich redete mir ein, dass ich auch in der Bücherei lernen könnte. Aber das gelang mir nicht mal dienstags, wenn du frei hattest.

Deine Bewegungen wurden mir vertraut. Du nahmst die Haare nach vorne, hast sie um deinen Zeigefinger gewickelt. Beim Lesen machst du das heute noch.

Es gab Gesichter, die ich immer wieder sah: Besucher, die du mochtest, in deren Büchern du geblättert hast; manchmal hast du dir einen Titel notiert oder selber ein Buch empfohlen; Besucher, die du nicht leiden konntest – da hast du dich aufgerichtet hinter deinem Tresen und dein Gegenüber fixiert, als wolltest du gleich losspringen. Das waren die Typen, die glaubten, alles haben zu können, auch dich. Ich hätte dich nie angesprochen. Ich habe nicht einmal herauszufinden versucht, wo du wohnst. Es gab dich nur in der Bücherei.

In den Umbaupausen des Festivals stand Harald bei dir und küsste dich. Ich wollte euch an diesem Abend aus den Augen verlieren.

Ich ging nicht mehr in die Bücherei, aber ich besuchte Haralds Veranstaltungen. Amerikanischer Imperialismus, Soziale Benachteiligungen, Folter – unsere Heimatstadt konnte die Diskussionen nicht verbieten, also wurden sie finanziert. Wir hatten einen Raum im ältesten Fachwerkgebäude der Stadt, der Gesangsverein probte im Erdgeschoss. Harald war nett, und er fand mich auch sympathisch. Wir trafen uns zum Bier. Er beneidete mich um das Studium, er war Mechaniker. Er hatte wenig Zeit für dich. Ich käme dir bekannt vor, hast du gesagt, als uns Harald einander vorstellte. Jetzt weißt du, warum.

Ich sollte es dir endlich erzählen, verdammt noch mal. Heute Abend hätte ich es doch erzählen können. Als alter Mann sagen zu können, ich habe in den entscheidenden Momenten nicht geschwiegen, hatte mir Harald einmal bierselig erklärt, das sei sein Lebensziel.

Warum blieb sie nicht bei ihm? Inzwischen hat er Familie; zwei Kinder, er ist mit Sicherheit der beste Vater weit und breit. Sie war fünf Jahre lang mit ihm zusammen. Es war ein Irrtum, sagte Ingrid damals. Ich hätte mich um sie gekümmert; ich hätte ihr gezeigt, dass man die Zeit allein mit ihr verbringen könne, dass man nichts anderes brauche als sie. Der Betrug ging weiter.

Wir unternahmen schließlich alles gemeinsam; gingen zu dritt ins Kino und ins Theater – natürlich Brecht-Stücke. Sie setzte sich immer zwischen uns in die Mitte, vermied aber jede Berührung mit mir. Das machte mir Hoffnung. In den Gesprächen danach, beim Bier, war ich besonders witzig und scharfsinnig. Ich analysierte die Stücke – Harald staunte. Ingrid unterhielt sich mit mir und sah Harald dabei an. Da haben sich ja zwei gefunden, sagte er und gähnte: Kunsttheoretisches lag ihm nicht. Ihr könnt doch das nächste Mal alleine ins Theater gehn; er hatte schon etwas anderes vor. Es war seine Idee gewesen. Kein Gedanke, uns vielleicht nicht vertrauen zu können. Ingrid wollte zuerst nicht, sie wusste genau, was passieren würde. Doch wir verabredeten uns für Freitag: Im Dickicht der Städte, ein Gastspiel.

Ich hatte ein Zimmer am Marktplatz. Sie kam nach der Arbeit vorbei, ich hatte Tee gemacht. Der Tee wurde kalt. Wir schliefen sofort miteinander und immer wieder, bumsten wie eingesperrte Tiere.

Sie werde Harald erzählen, dass es eine schlechte Inszenierung gewesen sei, deshalb könne sie sich nicht an Einzelheiten erinnern. Gut oder schlecht, mehr wolle er sowieso nicht wissen. Sie weinte.

Es war kein Gastspiel. Doch meistens blieb sie nur zwei Stunden, weil sie noch mit Harald verabredet war. Sie stand nackt am Plattenschrank und suchte die Musik aus.

Sie ging, ihre Musik lief weiter. Ich lag betäubt im Bett: Jetzt war sie bei ihm, legte sich neben ihn. Sie könne es ihm nicht sagen, er habe doch nur sie.

Die Stundenschläge der Kirche hörte ich nicht. Ich roch an meinen Fingern, sie waren in ihr gewesen. Ich fragte mich, ob Harald auch an seinen riecht. Ich lag wach, bis es hell wurde und der Straßenlärm begann – der beruhigte mich. An Markttagen wurden früh morgens die Stände aufgebaut. Ich sah von oben zu, wie sie Gemüse und Obst von den Lastwagen abluden, die Kisten auf die Tische stellten, die Früchte drehten und das Angefaulte in die zweite Lage mischten. Ingrid und Harald würden bald aufstehen müssen. Ich war endlich müde und ging schlafen. Ein paar Stunden noch, dann würden wir uns wiedersehen, könnten vielleicht die ganze Nacht zusammenbleiben. Alles andere war unwichtig.

In den gemeinsamen Nächten überlegten wir, ob wir uns trennen könnten. Wie lange würde es dauern, den anderen zu vergessen – ein Jahr?

Sie packt ihre Koffer alleine. Ich habe mich wieder hingelegt, wahrscheinlich bekomme ich eine Erkältung. Ich wünsche mir, dass sie ins Schlafzimmer kommt. In der einen Hand würde sie das grüne Kleid, in der anderen das blaue Kostüm halten; sie würde mich fragen, was sie mitnehmen solle. Das Kleid stehe ihr so gut, aber mit Rock und Jacke könne sie mehr anfangen, das lasse sich kombinieren. Sie kommt nicht, sie weiß genau, was sie will. Nicht einmal Reisefieber hat sie.

Wir fahren mit der S-Bahn zu den Landungsbrücken. Ich sehe Ingrid nicht an, lese die Werbefolien auf den Scheiben: drei Beerdigungsunternehmen: Breeken, St. Anschar und der Sarg-Diskount – passend zur Stimmung. Ich frage mich, wer nachts über die Gleise geht und die Graffiti in den Tunnelstrecken sprüht. Ohne Ingrid werde ich schlecht schlafen.

Wegen der Koffer nehmen wir ein Taxi zum Terminal. Die Brücke ist aus Glas. Ein richtiger Dampfer, Ingrids Kabine liegt unterhalb der Wasserlinie. Wir winken uns nicht zu.

Er hielt wieder an der Bushaltestelle und verabschiedete sich nicht. Marion und ihre Mutter begleiteten mich zur Haustür. Sie freue sich so, dass Marion einen netten Kameraden habe, und sie hoffe, mich bald wiederzusehen, sagte sie und sah uns verwundert an, weil wir so still waren. Ich gab ihr die Hand und bedankte mich. Marion und ich sagten nur: Bis bald; wir drehten uns schnell weg. Es tat weh. Sie fuhren los.

Ich sah nach oben, die Fenster waren dunkel – sicher sind Mutter und Anne spazierengegangen; das taten sie manchmal abends, weil sie tagsüber für die Kunden erreichbar sein mussten. Sie gingen nur um den Block, dicht nebeneinander, damit sich Anne beschützt fühlte. Ich brauchte nicht zu klingeln.

Es war schön, die Wohnungstür aufzuschließen und Licht zu machen. Ich stellte meine Reisetasche ab und holte schon im Flur die Geschenke heraus: Die großen Muscheln waren für Mutter, die kleinen und der Sand für Anne. Ich wollte Anne überraschen, füllte alles in das schönste Glas, das ich in der Küche fand, und ging in ihr Zimmer. Die Tür war angelehnt.

Ich sah alles auf einmal. Annes Kleider auf dem Fußboden, auf dem Bett – Blusen, Röcke, einfach hingeworfen; zerbrochene Schallplatten, beschmierte Wände, zerrissene Plakate. Im Fernsehen hatten sie einmal Bilder von einer Gasexplosion in einem Wohnhaus gezeigt. Eine Außenwand hatte gefehlt, man konnte die Einrichtungen sehen. Die Stehlampe stand noch neben dem Sofa, und auf dem Tisch lag eine Zeitung; plötzlich hätten sie einen Knall gehört, hatten die Nachbarn gesagt. Ich wusste, dass jetzt eingetroffen war, wovor Anne immer Angst gehabt hatte. Nicht auf der Straße war es passiert, sondern daheim, in ihrem Zimmer.

Mutter saß in einer Ecke, ganz klein war sie; sie blinzelte ins Licht: Du bist wieder da, ich habe dich gar nicht gehört. Ich fragte sie, wo Anne sei, warum sie hier sitze; ich konnte nicht Mama zu ihr sagen, konnte sie nicht in die Arme nehmen, ich war ganz ruhig. Sie habe gedacht, mit Anne stimme wieder alles, sagte Mutter, aber sie sei so böse geworden – wie damals, als Manfred Vaters Sachen durchgesehen hatte –, sie habe um sich geschlagen und in ihrem Zimmer getobt, man könne es nicht mehr aufräumen, alles müsse frisch gestrichen werden …

Anne war in einer Anstalt. Mutter redete unaufhörlich, aber sie log. Einmal waren sie allein gewesen, abends, ein andermal war es nachmittags passiert, und Onkel Ernst war dabei. Ich fragte nach, jedes Mal eine andere Geschichte; über den Grund für Annes Anfall sprach sie überhaupt nicht, als hätte sie die Frage nicht gehört. In der Nacht wurde mir schlecht. Ich dachte immer wieder die gleichen Sätze, wiederholte sie andauernd, wie eine Rechenaufgabe, die ich nicht lösen konnte. Ich musste mich übergeben.

Wir besuchten Anne in der Klinik. Zuerst wollte Mutter ausgerechnet an dem Tag zu ihr, an dem ich Mittagsschule hatte. Dann fahre sie eben alleine nach Tübingen, sagte sie, aber ich ließ es nicht zu. Sie musste mich mitnehmen, ich wäre nicht in die Schule gegangen. Anne sollte mir erzählen, was wirklich passiert war.

Wir fuhren mit dem Zug, stiegen in den Bus um. Es war kein Krankenhaus – die Fenster waren vergittert, und in der Eingangshalle saß eine Frau am Schalter, an der man nicht einfach so vorbeigehen durfte. Reif für die Klapsmühle, hatte Manfred nach Vaters Tod gesagt.

Die Frau am Schalter beugte sich nach vorne und zeigte uns den Weg zur geschlossenen Abteilung. Die Tür hatte keine Klinke, wir mussten auf einen Knopf drücken, aber die Klingel war von außen nicht zu hören; keine Geräusche, keine Stimmen. Es dauerte eine Weile, dann sprang die Tür auf.

Ein Mann stand vor uns. Er trug eine weiße Jacke und eine weiße Hose und hatte zwei Köpfe, einen jungen und einen alten Kopf. Erst auf den zweiten Blick sah ich, dass es zwei Männer waren: Ein alter, der dem jungen über die Schulter gesehen hatte. Mutter sagte, wir seien Besuch für Anne. Wir durften hereinkommen. Der Pfleger ging mit uns in den Aufenthaltsraum, der ältere Mann blieb hinter ihm, sprach uns leise jedes Wort nach, das wir sagten. Josef nannte ihn der Pfleger.

Im Aufenthaltsraum standen vier kleine, runde Tische und Stühle. Bunte Bilder hingen schief an den Wänden, wellige und zerknitterte Blätter, die mich an mein altes Klassenzimmer erinnerten. An den Tischen saß niemand, nur am Fenster stand eine Frau, die sich nicht umdrehte, als wir den Raum betraten. Aber Mutter ging auf die Frau zu und legte die Hand auf ihre Schulter. Ich hätte Anne an der Kleidung erkennen können, sie trug die eigenen Sachen.

Josef legte eine schöne Stoffdecke über einen der Tische; Besuch für Maria, Besuch für Maria, flüsterte er und grinste. Der Pfleger brachte Kaffee, Mutter packte den Kuchen aus, den wir gekauft hatten. Anne stand immer noch am Fenster. Ich zeigte ihr das Glas mit dem Sand und den Muscheln, ich hatte es für sie mitgebracht.

Anne war nicht geschminkt; die Augen waren gerötet, sie blinzelte langsam, leckte dauernd ihre Lippen. Ich sagte, die Muscheln seien salzig – ich wollte ihr unbedingt von meiner Reise erzählen, wollte das Meer beschreiben, den weißen Schaum, der die Weilen aussehen ließ wie Stufen einer breiten Treppe. Ich war jetzt an der Reihe zu erzählen: Ich hatte gesehen, wovon sie träumte. Aber sie bat mich nur, ihren Puls zu fühlen, sie spüre ihr Herz nicht mehr. Sie streckte mir den Arm entgegen, legte meine Finger an ihr Handgelenk, und ich dachte, der Arm gehört nicht zu ihr. Der Arm einer Schaufensterpuppe. Ich war wütend auf Anne, weil sie nicht Anne war. Ich fragte auch nicht, warum sie ihre Plakate zerrissen und die Schallplatten kaputtgemacht habe.

Trotzdem begleitete ich Mutter zweimal in der Woche nach Tübingen. Meistens sah ich Anne nur bei der Begrüßung und beim Verabschieden. Sie kam im Flur auf uns zu, ganz langsam, weil es nichts zu erzählen gab, und verschwand mit Mutter im Aufenthaltsraum. Nach einer Stunde kamen sie heraus, und Anne ging in ihr Zimmer zurück. Ich blieb währenddessen draußen, saß auf einem Plastikstuhl und blätterte in den Micky-Maus-Heften, die mir Mutter am Bahnhofskiosk kaufte. Der Pfleger fragte, ob ich mich nicht langweilen würde – es wäre doch besser, ich bliebe daheim. Aber ich wollte dabeisein, ich wartete auf Anne, wie sie früher gewesen war.

Josef lächelte mich im Vorübergehen an, unrasiert und mit schwarzen Zähnen. Er unterhielt sich auch mit mir, aber er sprach nie über sich. Manchmal gab er nur Zeichen, zeigte auf Gegenstände und machte Geräusche. Er brachte das Brett, und ich wusste, dass er Mühle spielen wollte. Der Pfleger schüttelte den Kopf: Josef könne nicht verlieren, er habe den Pfleger deshalb schon einmal gebissen; jetzt dürfe er nicht mehr spielen. Ich erfuhr, dass Josef nicht sein richtiger Name sei, er habe sich selbst so getauft. Jeder heiße bei ihm anders; zu meiner Schwester sage er Maria, weil er sie lieb habe. Für den Pfleger habe er überhaupt keinen Namen; er spreche ihn immer mit Du! oder He! an. Wahrscheinlich, weil sie zusammengehören – ein Paar Schuhe: wohin der eine geht, dahin muss auch der andere. Er konnte mir nicht sagen, wie lange Josef schon auf der Station war. Eigentlich seien die Kranken nicht lange hier, dafür gebe es andere Häuser, doch Josef sei eine Ausnahme; er mache sich nützlich, arbeite richtig – sie müssten jemanden einstellen, wenn er nicht mehr da wäre. Dabei sei er schon über Siebzig. Er stand schräg an den Pfleger gelehnt.

Für mich war er mindestens zweihundert Jahre alt. Schildkröten werden so alt. Sie liegen in einer Ecke, und nur die Pfleger im Zoo wissen, was sie brauchen und wie es ihnen geht. Ich mochte Josef sehr. Es machte mir nichts aus, dass er anscheinend gefährlich war. Der Pfleger ging mit dem Tablett über den Flur, die Pillen rollten in den kleinen Metallbecher und Josef rief: Jeder bekommt, was er will, jeder bekommt, was er will! Es waren noch andere auf der Station, ich beachtete sie nicht.

Über Anne wusste ich immer noch nichts. Erst als sie in die offene Abteilung verlegt wurde, schnappte ich auf, dass bei ihr keine Fremd- und Selbstgefährdung mehr bestehe. Jetzt durften wir mit ihr spazierengehen. Sie rieb sich die Augen und ging dann mit verschränkten Armen neben uns. Josef sah ich nie wieder.

Die Blutwerte müssen kontrolliert werden. Der Arzt möchte mich sprechen. Ich sitze im Wartezimmer, den Krankenschein hat er schon. Die Frau neben mir spricht mit ihrer Freundin von dem Gefühl der Wiedergeburt, das sie hatte, als sich herausstellte, dass es kein Krebs ist; aber inzwischen sei sie wieder im alten Trott. Ich halte mich an den Zeitschriften fest.

Eine Schwangere kommt herein. Ihr dicker Bauch ist unter langen, bunten Röcken versteckt, sie hält ihn umfasst. Sie trägt ein Kopftuch. Einer steht schnell auf und bietet seinen Platz an, mit einer Handbewegung. Sie sagt, dass sie lieber stehen möchte. Er setzt sich achselzuckend. Die Frau neben mir fängt an zu tuscheln. Die Sprechstundenhilfe ruft mich auf.

Der Arzt spricht über das Müdigkeitssyndrom. Er sagt, Viren seien Überlebenskünstler, sie würden sich jeder neuen Situation anpassen. Das hätten sie den Menschen voraus. Mein Körper wird mir unheimlich – von Viren bevölkert, ein chemisches Labor, ein Kraftwerk; ein Automat, der Gedanken erzeugt. Junge Gedanken und alte Gedanken. Ich zeige dem Arzt die braunen Flecken auf der Haut; hoffentlich nichts Politisches. Siever hat mich einmal gefragt, ob Vater ein Nazi gewesen sei. In Norwegen stationiert – wer weiß. Ich war beleidigt.

»Sie können nicht einfach wegbleiben. Ich rufe Sie ja auch nicht an und sage grundlos Termine ab. Urlaub! Wir haben eine Abmachung.«

Siever ist böse auf mich. Ich sage, ich wollte nicht mehr; er wolle doch immer, dass ich etwas will.

»Widerstand, unbedingt das negative System aufrechterhalten, das ist alles, was Ihnen einfällt!« Siever kann nicht helfen. Siever im Ledersessel mit Blick auf die Alster. Siever, der für Hochglanzzeitschriften seine Artikel schreibt. Siever, der mir erklärt, ich müsse die Kraft bekommen, die Medaille umzudrehen, die in meiner Seele baumelt – vom negativen Kopf zur positiven Zahl. Das zahle sich aus.

Ich habe den negativen Kopf – mir kommt es so vor, als habe mich Ingrid verlassen.

Ich rede von den Zugfahrten nach Tübingen, den kleinen Bahnhöfen mit den verrosteten Signalen. Weißlackierte Zäune sperrten die Gleise ab, grenzten die Schrebergärten ein – »Gütle« heißen sie da. Kleine Männchen standen an den Obstbäumen, wie in einer Spielzeuglandschaft. Mutter und ich hatten die verrückte Anne besucht. Jedes Dorf hat einen Verrückten.

Siever hört mir zu, überzieht die Zeit für mich. Mutter ist durch Anne zur Witwe geworden, sage ich, seit Anne nicht mehr bei uns war, trauerte sie. Am liebsten hätte sie mich die ganze Zeit daheim behalten. Ich brauchte die Schule nicht heimlich zu schwänzen, sie schrieb mir jederzeit Entschuldigungen. Vor allem den Schwimmunterricht ließ ich oft ausfallen. Sie schickte mich abends nicht mehr ins Bett, ich durfte aufbleiben, so lange ich wollte. Ich bemerkte ihre grauen Haare, die Falten, die knochigen Finger. Je näher sie mir sein wollte, um so weiter rückte ich weg. Ich beobachtete sie; hörte ihr nicht zu, achtete aber auf jedes Wort, wenn sie von Anne sprach. In all den Sätzen würde eines versteckt sein, das ich mir merken müsste – das zu einem anderen passte und ein Paar ergäbe.

Da waren die Anrufe von Onkel Ernst. Mutter sagte wenig, ihre Stimme veränderte sich: Ja, ja, nein, ja. Dabei sah sie mich ängstlich an und war froh, den Hörer wieder auflegen zu können. Onkel Ernst schien alles zu wissen, aber er kam nicht vorbei, um Mutter zu helfen. Ich machte die Einkäufe, weil sie Teppiche verkaufen musste und keine Zeit hatte. Die Frankfurter Firma beschwerte sich schon, dass Mutter an unseren Besuchstagen bei Anne nachmittags ein paar Stunden lang nicht zu erreichen sei.

Ich belauschte ein Gespräch mit Manfred. An diesem Abend hatte mich Mutter sogar zu Bett gebracht. Sie hatte meine und die Wohnzimmertür geschlossen. Ich stand im Flur und versuchte etwas zu verstehen, presste mein Ohr gegen das Schlüsselloch. Aber Mutter flüsterte und wurde von Manfred unterbrochen, der sagte, sie habe keine Schuld – Anne sei einfach krank, das beste wäre, sie bliebe in der Anstalt. Ich konnte mir nur zusammenreimen, dass Onkel Ernst dabeigewesen war, als sie Anne nachts weggebracht hatten; einen Tag vor meiner Rückkehr. Ich ging in Annes Zimmer. Wir hatten es wieder aufgeräumt, nur die Wände waren kahl geblieben, und die Flecken konnte man noch sehen. Anne wird das Glas mit dem Sand auf ihr Fensterbrett stellen, wenn sie wieder hier ist. Mutter hatte die Muscheln ins Badezimmer gelegt. Ich setzte mich auf Annes Bett und wünschte mir, einfach loszuschreien; nicht mehr aufzuhören, bis in den Nachbarhäusern die Lichter angingen, bis die Polizei käme und Mutter und Manfred erklären müssten, was mit mir los ist.

Siever begleitet mich hinaus. Wir vertragen uns. Er gibt mir einen Brief; eine Einladung, sagt er.

Draußen ist es stürmisch. Ich gehe zur U-Bahn. In den dunklen Vorgärten sind Scheinwerfer versteckt. Sie strahlen die Fassaden der Villen an. In den Fenstern stehen Messinglampen mit roten Schirmen. Man kann Bücherregale und wertvolle Bilder sehen. Ingrid fand Hamburg immer englisch. Es ist zehn Uhr, gegen elf will sie mich anrufen.

Wir hätten vor ihrer Abreise doch noch miteinander schlafen sollen, dann hätte sie wenigstens etwas von mir mitgenommen. Wir schliefen eine Woche vorher miteinander, so lange bleiben sie aber nicht frisch. Sie verlieren die Beweglichkeit schon nach ein paar Stunden, glaube ich.

Ich sitze am Telefon und warte.

Marion und ich konnten uns nur noch nach der Schule sehen. Wenn ich früher als sie Schluss hatte, blieb ich auf dem Schulhof und vertrieb mir die Zeit. Ich klemmte meinen Ranzen zwischen die Fahrradständer und hatte ein richtiges Schreibpult. Darauf schrieb ich Briefe an Anne oder malte Schiffe, über die ich in Büchern gelesen hatte. Die Briefe bekam Anne nie, sie kamen mir kindisch vor, doch die Bilder habe ich ihr geschenkt; sie sollten wie in einer Galerie nebeneinanderhängen – Die Seefahrt des Zwanzigsten Jahrhunderts.

Marions Noten waren so schlecht, dass sie die sechste Klasse wahrscheinlich wiederholen musste. Sie durfte nicht mehr mit mir spielen. Ihre Eltern hatten nun mehr Zeit für sie; sie freute sich nicht darüber. Wir wollten ausreißen. Auf meinem Pult machten wir eine Liste, schrieben alles auf, was zu unserer Flucht nötig war: Kleidung, Nahrung, Geld. Marion sagte, ihre Mutter habe immer Geld im Haus, und sie kenne das Versteck. Wir entschlossen uns, nur wenig mitzunehmen, wir könnten alles noch dort kaufen, wo wir gerade wären. In Hamburg wollten wir auf einem Schiff anheuern und uns die Überfahrt nach Amerika verdienen; Deck schrubben, in der Kombüse helfen, wie es Annes Sänger gemacht hatte. Der Kapitän schmuggelt uns außer Landes und bringt uns nach New York, weil er Mitleid hat – wir sind Waisen, würden wir sagen, Bruder und Schwester, aus dem Heim geflohen. Noch vor den Sommerferien wollten wir los.

Ich hatte das Gefühl, bald ein neues Lehen anfangen zu können. Als würde ich mit der ersten Seite eines neuen Schulhefts beginnen. Die Fehler sind verschwunden, ich schreibe in Schönschrift und unterstreiche die Lösungen. Ich ging jeden Tag das letzte Mal zur Schule, sah das letzte Mal Mutter. Es war ein Triumph wie das Geschichten-Erzählen auf dem Schulhof; ich hatte mir das Ende ausgedacht, das Ende meiner Geschichte.

Wir wollten heiraten, bevor wir nach Hamburg fahren. Anstatt zum Wandertag zu gehen, würden wir uns morgens an der Marienkirche treffen. Marion hätte das Geld dabei. Am Bahnhof würden wir uns eine Fahrkarte kaufen – in zehn Stunden wären wir in Hamburg. Wir säßen in einem leeren Abteil, nur wir zwei.

Ich besuchte Anne, verabschiedete mich von ihr, ohne dass Mutter etwas merkte. Absichtlich ließ ich meinen Schlüssel im Aufenthaltsraum liegen, und als wir schon im Treppenhaus waren, sagte ich zu Mutter, ich müsste noch einmal zurück, um ihn zu holen. Anne saß noch am Tisch. Ich nahm sie in die Arme. Sie fühlte sich wie Stein an. Wir können uns nicht mehr sehen, sagte ich, ich gehe nach Hamburg – nach Hamburg. Das Wort war keine Zauberformel, der Stein verwandelte sich nicht. Anne zuliebe wäre ich geblieben.

Ich nahm einen dicken Pullover mit, eine Hose und meine Schachtel. Mutter gab mir die Würste zum Grillen und Brot. Sie wunderte sich nicht, dass der Rucksack so voll war. Ich ging aus dem Haus, ein Stück weit meinen Schulweg; ich sah mich um, ging durch den Park zur Marienkirche, setzte mich auf die Stufen vor dem Portal.

Nach einer Viertelstunde packte ich die Wurst aus und aß sie auf. Ich musste mit dem Essen nicht sparen, Marion würde noch etwas mitbringen, so war es abgemacht. Nach einer halben Stunde war sie immer noch nicht da.

Ich ging in die Kirche, setzte mich in die letzte Bankreihe und horchte auf die Geräusche. Das Holz knackte bei jeder Bewegung, und wenn ich mit der Zunge schnalzte, ganz leise nur, erschrak ich über den Knall und das Zischen. Es hallte und klang, als komme es nicht von mir; als könne es nicht mehr verschwinden. Alles bleibt hier – das Singen, die Gebete, der Knall-, es kann nicht hinaus. Die Zeit vergeht hier nicht. Ich dachte an Vaters Tod; nahm das Bild von Tante Helga und legte es auf meine Knie. Ich sprach leise mit ihr, aber ich hörte mich ganz laut. Sie war bestimmt da, sie verstand jedes Wort. Vor dem alten Mann brauchte ich keine Angst zu haben. Marion würde kommen, er konnte mir nichts mehr tun.

Marion kam nicht. In meinem Kopf ging alles durcheinander – vielleicht ist sie krank geworden; vielleicht hat sie geglaubt, dass es nur ein Spiel war, eine Geschichte; dass ich ein Feigling bin, weil ich am Strand Nasenbluten bekommen hatte.

Es waren keine Kinder auf der Straße, jeder sah mir das Schule-Schwänzen an. Ich machte einen Umweg, versuchte, niemandem zu begegnen, bis ich bei ihrem Haus war. Das Garagentor stand offen, sein Auto war da. Ich kletterte über den Zaun und ging in den Garten. Die Jalousien waren heruntergelassen; Marion hatte es immer gemacht, damit wir nicht gesehen werden. Wenn sie nur zum Fenster ging und an der Kurbel drehte, bekam ich Herzklopfen. Aber diesmal war ich nicht bei ihr. Ich war aufgeregt, lief im Garten hin und her, suchte mir einen Platz – ich wollte den ganzen Tag lang hinter einem Baum stehen und die Fenster beobachten, irgendwann würde sie sich zeigen. Oder er würde mich entdecken. Er würde mich anschreien, am Handgelenk packen, mich ins Haus ziehen; ich stünde neben ihr, und wir müssten seine Fragen beantworten: Warum ich nicht in der Schule sei, was wir mit dem Geld wollten. Alles wäre besser als die heruntergelassenen Jalousien.

Jetzt hörte ich laute Musik. Ich hielt es nicht aus. Ich warf Erde und Dreck an das große Fenster, schlug mit den Fäusten dagegen – ich rannte aus dem Garten, sprang über den Zaun auf die Straße.

Mit durchgeschwitzten Sachen kam ich nach Hause. Ich brauchte nur zu sagen, dass ich krank sei. Ich hätte viel früher heimkommen sollen, sagte sie. Mutter machte sich Sorgen, weil ich so blass aussah. Ich musste mich heiß duschen, sie stellte mir Zwieback auf den Nachttisch. Als sie nach mir sah, stellte ich mich schlafend. Sie streichelte vorsichtig meinen Kopf.

Sobald Mutter in der Küche beschäftigt war oder im Wohnzimmer vor dem Fernseher saß, stand ich auf und ging in den Flur zum Telefon. Ich wählte Marions Nummer und ließ lange läuten. Aber es meldete sich niemand. Ich hatte Magenschmerzen, spürte den kalten Stein. Ich rührte mein Essen nicht an. Ich fand es richtig, mich immer schwächer zu fühlen. Morgen gibt es Zeugnisse, da muss sie in die Schule kommen. Eine Nacht noch.

Ingrid ruft nicht an. Sie wollte doch Bescheid geben; ob sie gut angekommen ist, wie ihr Zimmer aussieht – sie hat es doch versprochen. Wenn ich schon nicht mehr damit rechne, dann wird das Telefon klingeln, denke ich. Bis Mitternacht versuche ich, nicht damit zu rechnen. Der Wind drückt an die Scheiben, die Bäume biegen sich; Orkanböen, Treibhauseffekt. Im Fernsehen fangen sie an, die Unterwäsche auszuziehen. Morgen muss ich arbeiten. Ich bin todmüde, aber ich werde nicht schlafen können. Ich trinke zuviel, flüchte aus der Wohnung und erwische gerade noch die letzte Bahn. An den Landungsbrücken kam mir Ingrid abhanden, ich will sie wiederfinden. Vier Haltestellen sind es bis dahin – auf den Sitzen gegenüber schläft ein Mann, sein Hosenschlitz steht offen. Er wacht rechtzeitig auf, steigt mit mir zusammen aus, flucht laut über den Gestank in der Untergrundstation.

Ich komme ins Freie, gehe gegen den Sturm gebückt. Die Aussichtsplattform ist leer. Keine Touristen, die mit Fingern auf die Masten der Rickmer Rickmers zeigen; keiner wirft Geld in den Automaten, um die Werften besser sehen zu können. Ich habe Schwierigkeiten mit dem Gleichgewicht. Das ist gut so, wie in einem Traum: Ich kann Ingrid im Fernglas sehen, sie liegt unter einem Mann, der sich lächerlich auf und ab bewegt; es macht mir nichts aus, das kommt vom Alkohol, ich vertrage nichts. Der Münzeinwurf ist defekt.

Die Elbe ist schwarz, das Wasser spiegelt keine Lichter, die Buden sind verrammelt, der Wind zerrt an einem Werbeplakat für Rundfahrten bis in die Speicherstadt. Ich gehe die Hafenstraße entlang. Ich würde es an ihrer Stimme erkennen, deshalb ruft sie mich nicht an. Irgendwann wird sie mir erkären, dass alles geplant war: Seinetwegen sei sie nach England gegangen. Er habe schöne Hände und viel zu geben, vielleicht die ganze Welt. Ich hätte sie verloren, weil ich sie nicht gewollt habe – das könnte von Siever stammen. Siever wäre der Richtige für sie. Ingrid schreibt mir auch keine Entschuldigungen.

Ich trinke Bier; die Kneipe wird zum Saal, Stimmen von überall. An meinem Tisch sitzen vier gutgelaunte Männer, sie kommen aus Stuttgart und duzen mich. Ob ich Dornröschen im Salambo schon gesehen habe – teurer Spaß, aber es lohnt sich; wird im Schlaf von fünf Prinzen durchgefickt, bis sie davon aufwacht, und keiner will's gewesen sein. Wir lachen, unterhalten uns auf schwäbisch wie daheim. Nur ein verlängertes Wochenende; was mich hierher verschlagen habe? Import, Export: Orientteppiche.

An der Davidstraße stehen die Mädchen in Thermoanzügen. Sie sind jung und blond, sehen aus wie Schlagersängerinnen. »Ich bin Tanja«, stellt sich mir eine in den Weg. Gerade eben hatte sie noch ihrer Kollegin die neuen Schuhe gezeigt: Ein Schnäppchen, um sechzig Mark reduziert. Für Fünfzig würden wir es uns bei ihr oben gemütlich machen. Sie ist sehr freundlich und eine gute Verkäuferin. In ein paar Stunden stehe ich am Tresen und berate die Kunden; ich könnte viel von ihr lernen.

Frauen haben keinen Zutritt. Männer verwandeln sich in Schildkröten. Die Schultern hochgezogen, gehe ich langsam durch die schmale Straße; vom Wind ist hier nichts mehr zu spüren, die Stadt war irgendwo draußen, ich habe es vergessen. Es gibt nur noch Frauen, ein Harem. Rote Laternen in den Fenstern, man möchte sich an den Scheiben die Nase plattdrücken – aber die Frauen leben und können sprechen. Ich habe einen Wunsch frei.

Sie sitzt auf einem Barhocker. Sie hat braunes Haar, und ich bleibe einen Moment stehen. Die rechte Hand lässt sie im Schoß liegen, die linke öffnet das Fenster und winkt mich heran. Sie beugt sich zu mir. Vom Luftzug bekommt sie eine Gänsehaut. Sie lockt mit dem Preis und lächelt. Sie öffnet mir die Tür. Eine Holztreppe führt zum ersten Stock. Sie geht voran, zeigt mir ihr Zimmer. Das Licht brennt. Es riecht nach Raumspray. Ein Schminktisch, ein Bett und ein roter Sessel. Sie fragt, wo ich herkomme. Willst du was trinken, das kostet extra. Ich nehme ein Bier, obwohl ich längst zuviel getrunken habe – die Beine kribbeln schon. Ich bezahle alles: Massage mit Behandlung, das Bier. Sie sieht, dass ich noch einen Schein habe. Vielleicht Natursekt? – darauf stehst du doch, das weiß ich. Danke nein, antworte ich und komme mir wie ihr Komplize vor. Wer vier Schallplatten kauft, nimmt auch eine fünfte mit, sagen wir im Laden.

Sie zieht den Body aus, holt ein Fläschchen Öl vom Schminktisch. Sie ist rasiert, damit die Kunden mehr sehen können. Ich hänge meine Hose über die Sessellehne. Ich möchte auch keine Schamhaare haben. Kommst du langsam oder schnell? Oben darfst du mich anfassen. Wir sitzen uns breitbeinig gegenüber. Sie reibt sich die Hände ein, verteilt das Öl. Ich halte ihre Brüste mit kalten Händen, drücke immer wieder, um sie zu spüren. Sie fasst ihn, knetet, auf und ab. Er ist faltig, ein Krötenkopf – dann dick und rot. Er glänzt. Sie würde mir sagen, wenn er nicht schön wäre. Ich vertraue ihr, gerade weil sie Geld bekommen hat. Und ich weiß, dass es eben deshalb nicht stimmt.

Ich starre ihr ins Gesicht. Sie will den Blick nicht; sie tut mir weh, damit ich es lasse. Sie quetscht ihn in ihrer Faust. Kein Schmerz, nur das Gefühl, nackt zu sein, wirklich nackt. Ihr in die Augen sehen zu wollen ist unverschämt. Ich habe große Sehnsucht nach ihr.

Ich habe dafür bezahlt, ich dürfte außer mir sein. Sie will bei sich bleiben. Sie rutscht hin und her, schiebt das Becken nach vorne, bietet mir ihre Vulva an: Die kann ich mir ansehen. In Gedanken nenne ich sie bei den Namen, die mir früher verboten waren; ich las sie an Häuserwänden und hörte sie im Schwimmbad. Sie haben noch die gleiche Wirkung. Ich höre mich atmen.

Sie greift nach einem Papiertaschentuch, das unsichtbar bereitliegt. Gleichzeitig fängt sie den Samen auf – wischt ihn dann aus ihrer Handmulde wie einen Tintenklecks.

Ich streichle schnell ihre Wange; sie ist überrascht, kann sich nicht wehren. Ich bedanke mich.

Um vier Uhr liege ich im Bett, schmecke die Zahnpasta im Mund und spüre noch ihre Hand.

Unser Klassenlehrer ging über den Schulhof, eine große Filmrolle unter den Arm geklemmt. Vor der Zeugnisausgabe sahen wir immer einen Film. Ich stand vor dem Eingang und wartete das zweite Klingeln ab. Ich musste hineingehen. Der Lehrer legte Emil und die Detektive ein, die Vorhänge wurden zugezogen. Durch einen Schlitz konnte ich aus dem Fenster die Einfahrt zum Schulhof sehen.

Bevor der Film begann, hielt das Auto ihres Vaters an der Straße, und Marion stieg aus. Sie rannte zum Schulgebäude, er steckte seinen Kopf aus dem Fenster und rief ihr etwas hinterher. Ich schlich mich aus dem Klassenzimmer, während der Lehrer am Projektor die Schärfe und den Ton einstellte.

Marion stand schon an der Tür. Sie hätte mich geholt, wenn ich nicht gekommen wäre. Wir gingen zum Klo, weil der Hausmeister auf dem Hof war.

Marion hielt sich am Waschbecken fest, stand gebeugt, um mir in die Augen sehen zu können. Sie redete mit mir wie eine Erwachsene; als müsste ich noch viel mehr verstehen als das, was sie sagte; als ob wir nie zusammen gespielt, nie eine Reise gemacht hätten.

Er habe ihr versprochen, ihre Mutter werde nichts davon erfahren. Er allein werde sie strafen, und es wäre erledigt. Du willst dich doch nicht schämen müssen, habe er gesagt. Aber er bestrafe sie auch oft, obwohl sie nichts angestellt hatte; es mache ihm einfach Spaß.

Für Amerika hätte sie das ganze Geld genommen. Aber es war nichts mehr in der Kassette. Er stand plötzlich neben ihr; sie habe nicht gewusst, dass er im Haus war. Er wollte alles wissen, wozu sie es brauche – sicher steckt dein kleiner Freund dahinter, habe er gesagt. Sie hat nichts verraten, kein Wort. Sie musste bei ihm bleiben.

Als ihre Mutter kam, erklärte er, Marion habe sich den Wandertag nicht verdient, weil sie so schlecht in der Schule sei.

Wir mussten in unsere Klassenzimmer zurückgehen, der Hausmeister hätte uns beinahe erwischt. Der Projektor surrte, der Lehrer hatte nichts bemerkt.

Emil und der schreckliche Mann mit dem steifen Hut sitzen im Zugabteil. Der wird die Geldscheine aus der Jacke nehmen, sobald Emil schläft. Ich kannte den Film schon. Wir wären nie nach Amerika gekommen; man hätte uns verfolgt und in Hamburg verhaftet.

Marion hatte noch gesagt, dass sie in die Realschule wechseln müsse; sie hätten es schon mit ihren Lehrern besprochen. Ihr Vater hatte verboten, weiterhin mit mir zu spielen.

Doch Marion kam nicht in die Realschule. Sie sagte es mir drei Tage später am Telefon: Ihr Vater sei wieder in eine andere Stadt versetzt worden, kurzfristig. Er hätte bestimmt auch ablehnen können. Sie gab mir heimlich die neue Adresse.

Ich wollte sie unbedingt noch einmal treffen. Tagelang versuchte ich, sie zu erreichen; keiner ging ans Telefon, niemand war zu Hause. Ich stand an der Straße, beobachtete ihr Haus; klingelte sogar an der Tür. Soll mich ihr Vater doch ausschimpfen, dachte ich, Hauptsache, ich kann sie noch einmal sehen, wenn auch nur ganz kurz. Irgendwann war das Telefon abgeschaltet, und am Haus fehlten die Namensschilder.

Du wirst neue Freunde finden, sagte Mutter. Ich verbrachte die Ferien mit drei Jungen aus meiner Klasse – Jungen, wie sie Marions Vater für mich ausgesucht hätte. Ich konnte sie nicht leiden, aber ich machte bei jedem ihrer Spiele mit. Nur nicht daheim bleiben müssen, auf die Kunden warten; nur nicht Onkel Ernst begegnen, der jetzt Mutter wieder besuchte – jede Woche an festen Tagen. Anne war in ein Heim nach Stuttgart verlegt worden.

Wir kletterten auf Bäume, die nicht hoch genug sein konnten; es war mir egal, vielleicht herunterzufallen. Ich lernte aus Gleichgültigkeit sogar schwimmen. Am Marktbrunnen war unser Treffpunkt, wir spritzten die Fußgänger nass. Lausbuben, riefen sie und lachten dabei.

Ich konnte Marion nicht schreiben. Es gab keine Geschichten mehr.

VI

Nur eine schlechte Nacht. Die Chefin nickt und dreht sich weg. Ich stehe am Ladentresen, unterhalte mich mit einem Stammkunden über seine musikalischen Vorlieben: Das könnte Ihnen auch gefallen. In der Mittagspause trinke ich einen Schnaps, um etwas Farbe zu bekommen.

Nach der Arbeit gehe ich zu Sievers Empfang ins Curio-Haus. Ein Mann am Eingang schüttelt Hände und lässt sich die Briefe zeigen; nur geladene Gäste. Die Mäntel können abgegeben werden, junge Frauen in kurzen Röcken und schwarzen Strumpfhosen schieben Wagen mit gefüllten Sektgläsern herein.

Siever sieht mich schon, hält die Hand hoch. Er stellt mich seiner Frau vor. Eine schöne Frau, gekleidet wie die Serviererinnen, natürlich viel jünger als er. Was sagte er zu mir über das Alt-Werden? »Ich kann Sie nicht verstehen, ich finde das Alter attraktiv.«

Wir gehen gemeinsam in den Festsaal. Mensa-Geruch, tagsüber essen die Studenten hier. Vor dem Rednerpult auf der Bühne steht ein Blumengesteck. Ich sitze in der Reihe hinter Siever. Er hat mir keinen Platz neben sich freigehalten. Der Vortrag beginnt. Ich denke an Tübingen und die Universität. Ingrid nannte meinen Professor »integer«. Er trug immer den gleichen Anzug, abgeschabt und glänzend. Die Krawatte hing ihm am Hals wie eine Serviette, seine grauen Haare klemmte er hinter die Ohren. Eine Witzfigur für die Studenten. Aber wenn er sprach, vergaß ich, mitzuschreiben. Ich sah helle, klare Bilder, wo alles seine Ordnung hatte. Es gab keine Geheimnisse, keinen Grund zur Angst – man muss die Geschichte nur kennen, dann wiederholt sie sich nicht.

In Tübingen konnten wir Harald und seinen Bekannten nicht begegnen. An Ingrids freien Tagen besuchten wir gemeinsam meine Vorlesungen, saßen abends auf der alten Mauer bei der Burse, ließen die Beine baumeln, freuten uns still über den roten Neckar und die Platanen. Wir waren weit weg, fast schon in Hamburg.

Ich kann dem Redner nicht folgen. Er spricht vom »Jakobsweg« und den Dimensionen der Milchstraße. »Finisterre«, das Ende der Welt – von der spanisch-französischen Grenze bis zum Zielort seien es siebenhundertsiebenundsiebzig Kilometer. Er ist braungebrannt und trägt ein weißes Hemd, spricht von Leidensdruck. Wie kam er jetzt auf die »Innenbahn des Erfolgs«? – »Krudes Zeug«, pflegte mein Professor immer zu sagen.

Siever hält das Ohr an den Mund seiner Frau. Er nickt und setzt sich wieder gerade; nach mir dreht er sich nicht um. Er taugt einfach nicht zur Vaterfigur. Ich nehme die Einladung heraus und lese noch einmal das Motto des Abends – »Wenn Du gehst, bist Du ein Weg!«.

Eine Allee und der Kiesweg. Es gab Stallungen, und hinter dem Haus lagen Felder. Vom Heim wurden Broschüren veröffentlicht, in denen die Zimmer abgebildet waren und die Werkstätten, bunte Urlaubsprospekte. Ein Modellversuch, haben sie in Tübingen gesagt. Anne lebt dort wie in einer Familie, sagte Mutter.

In der Halle sah ich mir die Vitrinen mit den Töpfereien an. Die Bewohner konnten auch emaillieren, batiken und Gymnastik machen. Man führe mit ihnen Gespräche, um ihnen die Angst zu nehmen. Mutter war von dem Arzt begeistert.

Anne war schon dicker geworden. Sie zog sich hübsch an, trug ihr Haar offen. Sie redete auch wieder mit mir, fragte nach der Schule und meinen gemalten Segelschiffen – einige würden ja noch in ihrer Sammlung fehlen. Dass ich mich schon von ihr verabschiedet hatte, wusste sie nicht mehr. Darüber war ich froh; sie sollte nicht auf mich böse sein.

Wir sahen uns nicht oft; sie in Stuttgart zu besuchen dauerte einen ganzen Tag. Doch Anne würde sowieso bald zu uns zurückkommen, ich war mir sicher. Sechs Jahre vergingen.

Sechs Jahre mit Mutter allein. Sie bemerkte den Flaum an meinem Kinn, bevor ich ihn im Spiegel sah. Und Anne sprach immer noch von den schönen Bildern, die ich für sie male. Das ist schon lange her, sagte ich eimnal und ging auf die Knie, da war ich so klein. Nein, nein, entgegnete Anne, sie wisse genau, wie lange das her sei.

In der Pause fragt mich Siever, ob ich es interessant finde. Ich entschuldige mich; ich sei müde von der Arbeit, hätte Schwierigkeiten mit der Konzentration. Er begleitet mich zur Garderobe; er sagt, ich sähe schlecht aus.

Schon vor der Wohnungstür höre ich das Telefon. Ingrid wird sagen, dass sie nicht früher anrufen konnte. Die Zellen funktionieren nicht – die Kabel durchgeschnitten, irgendwas. Ich werde es verzeihen. Sie wird fremd klingen, weil es eine schlechte Verbindung ist. Sie bleibt trotzdem Ingrid.

Manfred ist am Apparat.

Wir haben seit dem Umzug nichts voneinander gehört, keine Weihnachtspost, keine Geburtstagsgrüße. Wir hatten keinen Streit. Er ruft wegen Mutter an.

Jemand hält den Telefonhörer, gibt die richtigen Antworten; ein anderer schneidet Grimassen, weil er nicht zurück will – in diese Stadt. Weil er schon dachte, sie existiere nur noch in Erzählungen; in Sievers Praxis, im Halbdunklen. Das Haus verliert nichts. Ich habe nicht einmal Genaueres über Mutters Krankheit wissen wollen.

Im Laden haben sie Verständnis. Die Chefin spricht mit gedämpfter Stimme, aber für ein Beileid ist es noch zu früh. Es ist Monatsende, mein Stundenzettel ist fast voll.

Der Morgen ist in Watte gepackt; sogar die S-Bahn ist leiser als gewöhnlich. Auf dem Bahnhof lasse ich mir die Zugverbindungen geben. Ich stehe und warte – es eilt nicht. Über den Stahlpfeilern zwitschern unsichtbare Vögel. Sie kennen die Jahreszeiten nicht.

Die Autos fahren Schritttempo. Ich gehe am Alsterufer entlang, ohne einem Menschen zu begegnen. Enten sitzen still unter den Bäumen, als seien sie aus Porzellan.

Sievers Damen sind erstaunt – ich habe keinen Termin. Er holt mich trotzdem herein, zwischen zwei Klienten bleiben uns zehn Minuten. Wir sprechen an der Tür.

»Was geschieht mit Ihnen, wenn Ihre Mutter stirbt?«

Er glaubt mir nicht, dass ich es nicht weiß.

»Fühlen Sie sich jünger oder älter?«

Nicht die Erinnerungen fehlen; ich habe meine Zeit verloren, sage ich und erzähle ihm vom Traum der letzten Nacht, nach dem Anruf meines Bruders.

Es war wieder der »Hasen-Traum«, Siever nennt ihn so. Mutter und ich kommen vom Marktplatz. Ich frage, ob ich den Käfig tragen darf; sie will mir den Einkaufskorb geben. Aber ich nehme den Korb

nicht – ich bleibe stehen. Mutter geht zuerst ein paar Schritte weiter, kommt dann zurück und schimpft mit mir: Ich solle lieb sein,
es sei doch ihr Geburtstag. Ich höre überhaupt nicht zu. Ich greife
nach den Ohren des Hasen, halte sie fest und spüre, wie er versucht,
sie anzulegen. Der Draht des Käfigs schneidet ihm dabei ins Fell. Er
lebt noch, denke ich im Traum.

Siever gibt mir keine Fragebögen, ich soll mir aber Notizen machen; die Veränderungen festhalten. Die nächsten Stunden fallen
aus.

Ich packe meinen Koffer: lege alles zurecht, falte meine Hemden
ordentlich, suche passende Hosen und Strümpfe aus, trinke nebenbei Kaffee, höre Musik. Den Zug mit meiner Platzreservierung ver-
passe ich, ohne ihn überhaupt erreichen zu wollen. Ich spüle ab und
wische die Böden. Die Pflanzen stelle ich in die Badewanne. Ingrid
gab mir eine Telefonnummer; es muss die Bibliothek sein, ich bekomme aber keinen Anschluss.

Der letzte Zug. Der Schaffner hat schon gepfiffen. Ich stehe noch
im Gang, als wir über die Elbbrücken fahren.

Ich versuche mir vorzustellen, wer ich war, als ich damals zusammen mit Onkel Ernst die Wohnung renoviert habe. Etwa fünfzehn
Jahre alt muss ich gewesen sein. Wir wollten auch Annes Zimmer
neu tapezieren. Damit sie es schön hat, wenn sie wiederkommt.

Onkel Ernst kam schon betrunken die Treppe hoch. Er brachte
die Tapeten, Farbe und einen Kasten Bier mit: den hatte er spen-
diert. Mutter sprach von ihren beiden Handwerkern. Wir kleister-
ten die Rollen ein, machten Witze und lachten, als seien wir die
besten Freunde. Er gab mir den kleineren Pinsel: Ich könne ja mit
einem großen noch gar nicht umgehen, meinte er und gab Mutter
einen Klaps. Es war ihr nicht recht, aber sie wehrte sich nicht. Sie

sagte: Von wegen, er hat schon früh angefangen – wie hieß deine Freundin? Es waren so viele, ich weiß die Namen nicht mehr, sagte ich. Ich wollte nicht Marion sagen. Onkel Ernst schlug sich vor Lachen auf die Schenkel.

Ich verstand das zweideutige Gerede eigentlich erst beim Abendbrot, als er mit rotem Kopf von seinem großen Pinsel redete und sich dabei an die Hose fasste. Der Kasten Bier war leer, Mutter bot ihm Weinbrand an. Er machte Komplimente, griff unter ihre Bluse, schob ihren Rock hoch. Er hatte vergessen, dass ich immer noch am Tisch saß. Mutter schlug ihm auf die Hände, er solle aufhören, er habe zuviel getrunken, werde wieder ausfällig; er wisse doch, wohin das führe. Sie hatte es nicht vergessen. Nur Spaß, sagte Onkel Ernst, sie sei doch seine Schwägerin, was sei denn dabei.

Hätte er sich nicht plötzlich ans Herz gefasst, hätte er keinen Schreck bekommen, weil es ein paar Schläge lang aussetzte, weil er ein alter Mann war und besoffen – ich weiß nicht, was passiert wäre. Vielleicht hätte ich das Abendbrot genommen, wäre in Annes Zimmer gegangen, um den Teller mit der Wurst, den aufgeschnittenen Gurken und Tomaten an die Wand zu werfen; hätte die restlichen Schallplatten zerschlagen und den Schrank umgeworfen.

Wahrscheinlich nicht. Ich war nicht verrückt.

Tatsächlich tröstete ich Mutter. Sie machte sich Vorwürfe. Ein gemütlicher Abend habe es werden sollen, immer mache sie die gleichen Fehler. Es liege nur daran, dass sie so alleine sei und Ernst dieses Pech mit seiner Immobilienfirma habe.

Onkel Ernst schnarchte inzwischen im Sessel. Mutter wollte mir begreiflich machen, dass sie nur aus Liebe zu Vater nicht mehr geheiratet habe.

Um mich herum ist Heimat. Ich weigere mich, »Grüß Gott« zu sagen. Ab Stuttgart ist es noch eine Stunde – ein Nahverkehrszug ohne Abteile. Er ist fast leer: um diese Uhrzeit hat man hier keinen Grund mehr, unterwegs zu sein.

Im Mondlicht wirkt die Gegend wie eine Theaterkulisse: Weinberge, Äcker, Kirchtürme, auch die Fabriken glänzen silbern.

Der Bahnhof hat drei Gleise. Es ist wärmer als in Hamburg. In den Blumenkästen an der Unterführung blühen noch Geranien. Sie sehen fahl aus. Das Gebäude ist schon geschlossen, ich nehme den Nebenausgang bei der Güterabfertigung. Der Schaukasten mit »Informationen für die Gäste« ist neu: Stadtplan, Tankstellen, Kfz-Betriebe, Hotels und Tagungsstätten. Schwuring wird als Sponsor genannt. Wann sind wir weggezogen?

Ich gehe durch die Fußgängerzone; sie wurde erweitert und neu gepflastert. Alte Laternen haben sie aufgestellt und Litfasssäulen ohne Plakate. Fachwerkfassaden, wohin man sieht; eine ist nur aufgemalt – wie in Disneyland.

Der Brunnen am Marktplatz ist noch eingeschaltet und plätschert für niemanden.

Bis Ingrid den Marktplatz überquert hatte, war ich mit dem Tee fertig. Ich sah sie, sowie sie um die Ecke des Schuhladens bog und am Brunnen vorbeiging. Ich erkannte ihre Schritte auf der Treppe. Sie setzte sich zu mir. Wie war dein Tag? fragte ich. Sie erzählte von der Arbeit. Wir lachten über den »Giftschrank« in der Bücherei, für den nur die Bibliothekare einen Schlüssel haben. Die Besucher schleichen um ihn herum und leihen sich mit roten Köpfen Henry Miller und de Sade aus, sagte sie. Der Tee wurde nicht mehr kalt.

Wir kochten zusammen; ich schnitt die Zwiebeln zu grob, sie nahm zuviel Salz. Nach einem Jahr kannte ich Ingrids Kleider und ihre Unterwäsche. Sie lag lesend im Bett, ich lernte für das Examen

– spürte sie warm im Rücken. Den ganzen Abend lang konnte ich lernen, sie musste nur da sein.

Sie ging immer noch zu Harald. Er wusste nichts von uns. Manchmal weinte sie, während wir uns liebten. Dann hatte sie daran gedacht, dass er auch fragen wird: Wie war dein Tag?

Ich schrie sie an: Du bist nur ein Gespenst, ich habe dich nie richtig bei mir.

Links und rechts der Hauptstraße hat man Bäume gepflanzt. Sie sind noch zu klein, um die Mietskasernen zu verdecken. Ich gehe zum Hauseingang. Es dauert lange, dann summt der Türöffner.

Anne war schon im Bett. Aber ich brauche mich nicht zu entschuldigen. Sie wirft einen Blick in Mutters Zimmer, ob sie vom Klingeln aufgewacht ist.

Die Bettdecke leuchtet weiß. Ich kann nichts von Mutter sehen. Wir warten, bis wir ihr Atmen hören, dann schließt Anne leise die Tür.

»Es ist ein Krankenhausbett; die Matratze hat Luftkammern, damit sie sich nicht wund liegt. Gestern haben sie es gebracht – Manfred rückte die Möbel hin und her und half beim Umbetten. Sie wollte unbedingt die Achalm sehen können, vom Bett aus.«

Ich kann auf dem Sofa schlafen, Anne hat es schon vorbereitet. Manfred musste wieder weg. Das Geschäft sei wichtiger, habe Mutter gesagt; was bleibe ihr auch anderes übrig, meint Anne. Sie setzt sich noch zu mir ins Wohnzimmer, legt eine Wolldecke um die Schultern. Sie ist nicht älter geworden, seit dem letzten Mal – vor zwei oder drei Jahren? –, nur die Haare müsste sie wieder nachfärben, man sieht den grauen Ansatz.

Meine Augenlider werden schwer, ich lege die Beine hoch, ziehe die Schuhe nicht aus, ich bin daheim.

»Der Tumor drückt auf den Ischiasnerv. Sie können nichts mehr machen; gegen die Schmerzen bekommt sie Morphium.«

Mutter hatte immer Rückenschmerzen; ein schwaches Herz, eine Fehlfunktion der Niere, Gallensteine. Ihre anderen Krankheiten fingen an, als Anne aus dem Heim zurückgekommen war. Ich hörte mit der Zeit nicht mehr richtig zu; ich hatte es vergessen – das ist wahr.

Die Müdigkeit kommt wie ein Anfall, nur eine Sekunde lang die Augen schließen, und ich bin nicht mehr da. Lebensmüde, meinte Siever, aber ganz unspektakulär: ausklinken, nicht teilnehmen wollen; es tritt wohl in bestimmten Situationen auf ...

»Jetzt macht sie mit ihren Krankheiten Ernst«, ich weiß nicht, ob ich das gesagt habe. Ich war eingenickt. Anne reagiert nicht, dann habe ich es wohl nur gedacht ...

»Wo ist Ingrid?«

Ingrid ist verschwunden. In dem Moment, als ich die Wohnung betreten habe, gab es Ingrid nicht mehr; kein Hamburg, kein England, kein anderes Leben.

Gerade hat Anne Gute Nacht gesagt – ich öffne die Augen und spüre ihren Kuss auf der Wange, aber sie ist schon längst im Bad. Ich möchte aufstehen ...

... ich bin nie weggewesen, ich werde hierbleiben, bis Mutter stirbt und länger ...

... die Chefin macht morgens den Laden ohne mich auf; das Wasser steht brackig in meiner Badewanne, die Pflanzen haben braune Blätter, in den Staub auf den Möbeln kann man mit dem Finger »Sau« schreiben; Siever spricht seine Damen an, ob ich mich denn nicht gemeldet habe, seinen Artikel muss er beiseitelegen, weil ihm der Schluss fehlt; in der Herbertstraße sitzt eine Tanja immer wieder breitbeinig vor einem Freier, das Taschentuch griffbereit – für mich ist alles unerreichbar; es spielt in einer anderen Zeit.

Ich versuche wach zu werden.

In den ersten Wochen in Hamburg hatte ich den Traum von zwei Zügen, die langsam aneinander vorbeifahren; ich sitze in dem einen, sehe die Lokomotive des anderen, die Waggons mit den Fahrgästen in den Abteilen, Zeitung lesend, gelangweilt, grinsend, wenn sie aus dem Fenster sehen und sich von mir ertappt fühlen; schließlich, bei einer Frau mit zwei Kindern, bleibt das Bild stehen, die Züge fahren plötzlich nebeneinander in die gleiche Richtung; die Kinder lachen und winken mir zu, geben Zeichen, versuchen mir etwas zu sagen – ich kann es nicht deuten, zucke mit den Achseln; es wird mir unheimlich, und ich denke im Traum: Es kann nicht sein, er muss doch vorbeifahren ...

Ich muss so viel mit Anne besprechen; ich muss meine Zeit ordnen, sie weiß, wie das geht ...

... Anne wundert sich, dass ich ohne Mutter zu ihr nach Stuttgart komme; sie ist unsicher – ich sei doch ihr kleiner Bruder, das ist ja verantwortungslos, dass du so eine weite Strecke alleine fahren musst – doch dann schüttelt sie ihren Kopf und tippt sich an die Stirn, weil ihr einfällt, dass ich inzwischen erwachsen bin, und weil ihr das entfallen konnte; sie ist sehr vergesslich ...

... wir gehen über die Felder: An den Feldern könne sie die Jahreszeit ablesen, sagt sie; vom braunen Stoppelfeld bis zum ersten Schnee hat sie mit dem Arzt über die kleinen Tiere geredet, die sie überall entdeckt hatte: im Essen, an den Wänden, auf dem Bettzeug; sie erinnert sich, dass Vater irgendwann von den Bockkäfern gesprochen hatte, sie lebten in den Balken der Scheune und in den Wänden der Holzhäuser in Norwegen; wenn er dort abends in der Stube saß, hatte er das Zirpen gehört, und später, beim Arbeiten in der Scheune, hörte er es wieder ...

... Anne hat alles in Ordnung gebracht, sie ist nicht mehr wirr im Kopf, sie ist klug – sie gibt den anderen Bewohnern Ratschläge:

Dir muss es nicht immer gutgehen, sagt sie zu einem jungen Mädchen, das an den Nägeln kaut, das Paradies hast du schon bei sechzig Prozent Glück ... und Anne ist stolz auf mich, weil ich ein Student sein werde, der erste in der Familie ... das vergisst sie nicht ...

Ich öffne die Augen. Es ist mitten in der Nacht. Mein Arm ist eingeschlafen und taub; ich sitze immer noch angezogen im Sessel. Anne hat die kleine Lampe im Flur brennen lassen. Ich packe meinen Schlafanzug aus und gehe aufs Klo. Ich stehe mit nackten Füßen vor der geschlossenen Tür ihres Zimmers, aber ich klopfe nicht.

Anne weckt mich, bevor sie zur Arbeit geht. Sie arbeitet immer noch im Kaufhaus, ich hätte nicht fragen müssen. Ich entschuldige mich für den Abend – »Du warst müde. Mama ist schon wach.«

Ich gehe im Schlafanzug zu ihr. Eigentlich wollte ich meine besten Sachen anziehen, damit sie gleich sieht, dass aus mir in Hamburg etwas geworden ist, doch so ist es besser – wie in der Klinik, die Kranken besuchen sich gegenseitig auf ihren Zimmern.

Sie liegt ganz klein im Bett. Ich erschrecke über ihr Aussehen, lass es mir aber nicht anmerken. Ich beuge mich zu ihr hinunter und umarme sie. Ihr Nachthemd ist feucht und riecht nach Kölnisch Wasser. Ich spüre ihre Knochen, sie hält mich fest oder sich selbst, zieht sich hoch. Die Haut ist kühl und trocken, wie Pergamentpapier. Ich konzentriere mich auf mein Atmen, um nicht zu weinen – dabei wäre Weinen genau das richtige –, bis sie den Griff lockert, ins Bett zurückfällt, weil ich sie nicht gehalten habe. Ihre Augen sind zwei wässrigbraune Tupfer. Sie fährt mit den Händen durch ihr Haar, legt den Kopf schief. Sie will mir gefallen.

»Liegst du bequem? Kann ich dir etwas bringen?«

Alles, was sie braucht, steht auf ihrem Nachttisch: die Pillen, Saft, Mineralwasser; das leere Glas hat einen Belag, und der Rand zeigt die Menge, die eingeschenkt worden ist. Ich hole ein neues aus der Küche, schenke es halb voll. Sie möchte nichts frühstücken, nur trinken. Ich rücke einen Stuhl an ihr Bett. Wir sehen uns an, als hätten wir miteinander geredet.

Kein Wort darüber, warum ich nur Karten geschrieben habe; Hochglanzkarten mit Hamburg-Motiven und belanglosem Text; warum es bei Telefonaten blieb, bei Ausflüchten: Wir würden gerne kommen, wir können nicht kommen, wir bekommen keinen Urlaub. Ingrid fragte einmal, ob mir nichts an meiner Familie liege.

Anne war noch nicht aus dem Heim zurückgekommen, als ich die Wohnung am Marktplatz fand und bezog. Ein Zimmer, die Dusche in der Küche, das Klo eine Treppe tiefer. Ich gefiel der Hausbesitzerin, hatte Ähnlichkeit mit ihrem Sohn. Mit dem restlichen Geld von Vaters Erbe bezahlte ich die ersten Mieten, das Wasser, den Strom, die Heizung – ich konnte das jetzt Nebenkosten nennen –, mein Essen, die Kleidung. Es war dieselbe Stadt, und in zehn Minuten war ich bei Mutter, aber ich konnte allein sein, und alles um mich herum gehörte mir. Oft ging ich durch die Wohnung, streichelte die Regale und Buchrücken, stellte stolz die Vorräte in den Küchenschrank – jede Dose Mais, jedes Stück Käse hatte ich von meinem Geld bezahlt. Auf dem Schreibschrank lag das Anmeldungsformular für die Uni. Wenn ich nach Amerika ausgewandert wäre, hätte ich mich nicht mutiger fühlen können. Ich schrieb sogar einen Brief an Marion, an die Adresse, die sie mir vor Jahren gegeben hatte. Ich bekam keine Antwort, doch er kam auch nicht zurück. Vielleicht hatte ich ihr nur meine eigene Adresse schreiben wollen.

Unabhängigkeit gehörte zur Therapie, sagte Anne einmal, sie habe kommen und gehen, habe kochen und auf ihrem Zimmer ein

Fest geben können, wann immer sie es wollte, keiner hatte was dagegen. Der Arzt hielt es für falsch, dass sie zu Mutter zurückging.

Manfred holte Anne mit dem Auto ab; wir bereiteten den Empfang vor. Mutter hing ein Spruchband über die Tür: »Willkommen daheim« – sie hatte das in einem Film gesehen. Sie war aufgeregt; freute sich, bald nicht mehr allein zu sein. Ich hatte Kuchen geholt, acht verschiedene Stücke, die wir auf der Kuchenplatte nebeneinandersetzten. Armes Zimmer war geputzt.

Sie beachtete das Spruchband überhaupt nicht. Anne hielt sich nicht lange damit auf, Sonntagnachmittag zu spielen. Sie ging sofort in ihr Zimmer, machte das Fenster auf, suchte Plätze für ihre getöpferten Vasen und Figuren, räumte den Schrank ein und verkündete währenddessen, dass sich hier jetzt einiges verändern müsse. Sie wolle keine Teppiche verkaufen, sie wolle sowieso nur noch so lange wie nötig hier wohnen und in dieser Stadt bleiben. Sie suche sich eine Arbeit und spare und dann weg. Mutter und Manfred kamen überhaupt nicht zu Wort. Anne duldete keinen Widerspruch. Sie knallte die Tür zu. Ich hätte gerne applaudiert; sie hätten sich doch auch freuen können – Anne ist zurückgekommen, und wie! Es war nicht richtig von Manfred, an ihr zu zweifeln. Jahrelang habe sie behütet gelebt, sie wisse ja gar nichts mehr vom Leben draußen; da bleibe keine Zeit zum Töpfern, sagte er zu mir und Mutter. Wir blieben zu dritt am Kaffeetisch. Den Nachmittag habe ich mir anders vorgestellt, meinte Mutter.

In dieser Zeit begann Mutter, krank zu werden: Erkältungen, Entzündungen, Schmerzen – das eine löste das andere ab. Sie sprach mit mir nur noch über ihren Körper, zeigte mir die Stellen, die ihr weh taten, erwartete Diagnosen; sie dachte wohl, weil ich für die Bundeswehr untauglich war, müsste ich mich damit auskennen. Sie war ständig in Behandlung, und oft lag sie im Bett, wenn ich zu Besuch kam.

Ich schüttle ihr Bett auf. Sie sagt mir, was ich zu tun habe. Ich soll ihr unter die Arme greifen und sie vorsichtig etwas lüpfen, damit sie wieder richtig liegt. Sie zieht ihr Nachthemd nach unten und klemmt es zwischen die Beine. Sie muss auf die linke Seite gedreht werden. Zuerst die Füße aufstellen, die Beine müssen angewinkelt bleiben – es sind schreckliche Schmerzen, wenn sie gestreckt werden –, langsam aufeinanderlegen, den Oberkörper mitdrehen – so geht's. Das Gitter noch hochklappen, sie will sich daran festhalten können. Sie bedankt sich, ihre Hand sucht nach mir. Ich stehe auf der falschen Seite, es dauert ein bisschen, bis ich sie erreiche und halten kann.

»Ernst hatte einen Schlaganfall. Er ist gelähmt und kann nicht mehr sprechen.«

Sie redet mit geschlossenen Augen.

»Wie gut, dass dein Vater alles schon hinter sich hat. Wer wohl diese Frau war ...«

Sie ist eingeschlafen.

VII

Anne saß vor einem weißen Blatt Papier. Sie machte zwei Spalten; in die eine trug sie die Jahreszahlen ein, in die andere die Art der Beschäftigung: von ... bis ... – Grundschule; von ... bis ... – Realschule, Mittlere Reife; von ... bis ... – Lehre als Einzelhandelskauffrau/Textil, Abschluss, Kaufmännische Angestellte bei der Firma Teppich Frank.

Was sollte sie angeben? Wo war sie die letzten sechs Jahre gewesen? In einem Heim wegen psychotischer Zustände? Ich konnte ihr nicht helfen. Ich schlug vor, es einfach zu verschweigen oder einen Auslandsaufenthalt zu erfinden, aber sie wollte nicht lügen. Es sei ihr Leben, und so sei es richtig, sagte sie. Das hatte sie in Stuttgart gelernt.

Sie kündigte den Vertrag mit der Frankfurter Firma, obwohl Mutter dagegen war; du bekommst Rente, und ich werde arbeiten, das reicht, sagte sie. Als die Teppiche abgeholt wurden, machte Anne eine Flasche Sekt auf.

Sie stand morgens früh auf, las in der Zeitung den Stellenmarkt, schrieb Bewerbungen an Läden und Firmen. Sie erneuerte die Garderobe. Ihre Kleider waren altmodisch – solange sie im Heim war, hatte sie nicht darauf achten müssen. Sie schminkte und frisierte sich auch immer noch, wie es damals modern gewesen war: ein dicker schwarzer Lidstrich und die Haare toupiert. Ich begleitete sie bei ihren Einkäufen und zum Friseur. Sie fühlte sich verkleidet. Sie musste sich erst davon überzeugen, dass es nicht anders geht; dass sie niemand einstellt, wenn sie nicht irgendwie »unauffällig« wird. Deshalb führte sie mit mir endlose Gespräche, in einer Sprache, die ich oft überhaupt nicht verstand – in Stuttgart hatten sie wahrscheinlich so miteinander gesprochen. Die Sätze hatten eine andere Bedeutung, verwiesen auf mir unbekannte Beziehungen, auf Einsichten. Ich konnte ihre Stichworte nicht kennen, das wusste sie, aber trotzdem wartete sie auf meine Reaktion, als gäbe es nur eine mögliche. Schon mit »unauffällig« hatten wir Probleme. Was-fällt-wem-wie-warum-auf? Fallen die »Auffälligen« auch den »Auffälligen« auf oder nur den »Unauffälligen«? Oder die »Lüge«: ist das Lügen eine Krankheit, oder macht es krank, zu lügen? Alles drehte sich im Kreis, aber es war sehr spannend. Und Anne fand immer einen Punkt, an dem sie sagen konnte: Das hat mich überzeugt. Was für mich überhaupt nicht nachvollziehbar war. Es war die Logik vom Konfirmationsunterricht. Da hatte ich auch nie kapiert, wieso der vorgelesene Psalm eine Antwort auf unsere Fragen sein sollte.

Mutter hörte unseren Diskussionen nie zu. Sie rief von nebenan, wir sollen doch leiser sein, sie könne nicht schlafen. Doch in meine Wohnung am Marktplatz durften wir nicht gehen. Sie wolle abends nicht allein sein, sagte sie. Mutter war auf unsere Gespräche eifersüchtig.

Nach den Vorstellungsgesprächen, viele waren es nicht, kam Anne bei mir vorbei. Sie war enttäuscht. Ob sie sich denn wieder richtig gesund fühle, hatte man sie gefragt. Einer, der den Lebenslauf offensichtlich nicht gelesen hatte, sagte, sie habe gute Aussichten. Aber nur, weil ich eine Frau bin, sagte Anne.

Sie arbeitete schließlich im Kaufhaus. Am Schaufenster hing immer ein Zettel: Verkäuferin gesucht.

Annes Schlüssel klimpert an der Tür. Ich habe immer noch den Schlafanzug an. Mutter flüstert: »Du bist ja so still«; ihre Lippen kleben aneinander, sie hat Durst. Anne bringt das Mittagessen aus der Kantine, in Styropor verpackt – Maultaschen, die mag Mutter doch so. Sie will nur ein wenig probieren. Ich helfe ihr aufzusitzen, lege ein Kissen in ihren Rücken. Sie essen, und ich ziehe mich im Wohnzimmer an. Anne erzählt laut, dass sich jeder nach Mutter erkundige, sogar auf der Straße werde sie gefragt, wie es ihr denn gehe. Mutter sagt, ich hätte überhaupt noch nicht von Hamburg gesprochen; schade, dass Ingrid nicht mitgekommen ist.

Kein Vorwurf, nur mein schlechtes Gewissen. Ich müsste mich ihr anvertrauen. Liegt dir nichts an deiner Familie? Lieben Sie Ihre Frau? Während ich das Hemd zuknöpfe, erkläre ich, wo Ingrid ist.

»Wüsste sie, dass du so krank bist, wäre sie bestimmt aus England zurückgekommen.«

Mutter lächelt und isst.

Ich hatte vorher noch nie jemanden nach Hause mitgebracht. Sie standen sich gegenüber; ich stellte Ingrid vor, sie gaben sich die Hände und sahen dabei mich an. Ich war der Mittelpunkt und trotzdem überflüssig. Die drei Frauen schlichen umeinander, berührten sich wie zufällig; was sie sagten, erschien nebensächlich. Ingrid sprach von ihrem Beruf. Mutter unterbrach sie dauernd, fragte nach ihren Eltern und nach den Geschwistern. Sie wusste es längst, hatte alles schon von mir erfahren, auch die Schwierigkeiten mit Harald. Die Antworten spielten keine Rolle, es ging mehr um den Ton und die Gesten. Wahrscheinlich hätte Mutter selbst nicht genau begründen können, wonach sie Ingrid beurteilte. Das Bild, das sie sich von Ingrid machte, musste ja nicht ihr gerecht werden, sondern mir.

Annes Fragen knüpften immer dort an, wo Ingrid unterbrochen worden war; sie wollte es genau wissen und sah Ingrid manchmal an, als komme sie von einem anderen Stern: eine eigene Wohnung, ein Auto, zwei Freunde, abends in die Kneipe oder ins Kino, und das war keine Therapie, worüber in der monatlichen Nachsorge mit dem Arzt gesprochen wurde – mit Blick auf die Felder, sondern Alltag.

An diesem Abend bemerkte ich zum ersten Mal, dass die Wohnung einen widerlichen Geruch hatte. Die Teppiche hatten so gerochen; sie waren mit Eulan gegen Motten und Ungeziefer imprägniert gewesen – womöglich half es sogar gegen Bockkäfer. Ich war froh, wieder in meine eigene Wohnung zu kommen, aber ich bildete mir ein, dass es bei mir auch so riecht. Ingrid sagte, ihr sei nichts aufgefallen und hier rieche man das alte Gemäuer.

Sie konnte über Anne und Mutter lachen. Sie lachte über den Krimskrams, der überall herumstand – Kerzenleuchter, Schalen, Dosen, die noch die Aufkleber Echtes Messing hatten.

»Du magst ja auch alles, was glänzt«, sagte sie.

Ich hätte gerne über meine Familie geplaudert. Wir lagen gemütlich im Bett, tranken noch ein Glas Wein – da plaudert man doch über die Familie. Ich hätte ihr gerne so nebenbei erzählt, warum Anne immer noch bei der Mutter lebte und welchen Sinn die Jahre in Stuttgart für sie hatten. Manfred und ich haben uns in verschiedene Richtungen entwickelt, sagte ich immerhin und meinte, ich habe seit Monaten nichts von ihm gehört. Auch darüber konnte ich also nicht plaudern. Ich wäre gerne mit dem Gefühl eingeschlafen, dass zwar die eigene Familie neurotisch ist, wir aber damit nichts zu tun haben – wir: ich und die Frau, mit der ich darüber gelacht hätte.

Ich drehte mich von Ingrid weg, lag auf der anderen Seite. Sie dachte laut über Anne nach, analysierte Abhängigkeitsverhältnisse in Beziehungen und gefiel sich dabei. Ich konnte nichts analysieren. Ich lag in meinem alten Zimmer, die Straße war der Flur, die Küche der Marktplatz; Anne hörte ihre Lieblingsplatte, und Mutter summte die Melodie mit.

Als sie mich berührte, fuhr ich erschrocken zusammen. Dann sagte ich ganz ruhig, sie könne über Annes Leben nicht den Kopf schütteln, solange sie das eigene nicht in den Griff bekomme. Ich denke, du musst gehen; Harald wartet sicher schon.

Sie stand auf und ging.

Heute glaube ich, dass ich es genau so gewollt hatte. Hätte sie nicht gehen müssen – ich wäre nicht mit ihr zusammengewesen. Es sollte nichts entstehen: keine Vergangenheit, keine Zukunft. Pläne sollten nur mit Harald geschmiedet werden. Anne hatte ihren unnahbaren Sänger, ich hatte Ingrid.

Ich räume den Tisch ab, bringe die Küche in Ordnung, sehe nach, was an Lebensmitteln fehlt, frage Mutter, ob sie einen Wunsch hat. Ich gehe einkaufen.

Im Supermarkt erkenne ich sofort die Verkäuferin an der Wurst-Theke wieder und begrüße sie wie eine alte Bekannte; blonde Strähnen im Haar hat sie jetzt. Sie wundert sich über meine Freundlichkeit und ist verlegen. Auch die Kassiererinnen kommen mir bekannt vor.

Ich gehe über den Markt, suche Obst und Gemüse aus. Ich weiß noch, die guten Stände stehen rings um den Brunnen. Das sind die Stammplätze der Kleinbauern und Gütlesbesitzer – Rhabarber, Äpfel, Eier auf Klapptischen; keine elektrischen Waagen, das Geld legen sie in leere Zigarrenkistchen, eine Tasche muss man selber mitbringen. Ich werde leutselig: Eine Marktfrau erzählt mir, sie komme schon seit dreißig Jahren aus dem Remstal hierher, habe das alte Rathaus noch gekannt. Sie hat rote Backen wie ihre Äpfel, und die faltigen Hände sind dreckverkrustet. Eine Eingeborene.

Ich werde Siever einige Formulierungen für seinen Artikel vorschlagen:

Im Gespräch mit einer Rhabarber verkaufenden Marktfrau in seiner Heimatstadt geriet mein Klient in eine euphorische Stimmung. Er sah sich als Lehrer am heimischen Gymnasium; als Familienvater, der sich um seine kranke Mutter kümmert und später deren Grab pflegen wird. Er sah mit einem Mal die Möglichkeit zur Kontinuität in seinem Leben. Es gehe darum, erkannte er, aushalten zu wollen, zu verharren und sich dessen bewusst zu werden. Seine Krankheit hatte darin bestanden, dass sein Körper weit vorausgeeilt war, während die Psyche noch nicht einmal zum Aufbruch bereit gewesen ist. Auf die Frage, weshalb es ihn in diesem Moment ausgerechnet in die Marienkirche gezogen habe, antwortete mein Klient: Da bin ich getraut worden, genau wie meine Eltern auch.

Illustrieren könnte man den Absatz mit einer dieser imaginären, fantastischen Landschaften, die auf den Titelblättern von Sievers Fachzeitungen abgebildet sind und ihnen das Aussehen von Science-Fiction-Romanen geben.

Meine Tüte fällt um, und die Äpfel rollen über den Steinboden der Kirche. Ich knie im Mittelgang und sammle sie ein. Wenn ich schon dabei bin, könnte ich gleich beten. Doch ich setze mich wieder auf die Bank und denke: »also«. Mutter hat Helga also nicht vergessen. Bevor ich beim Memory zum letzten Schlag ausholte, habe ich immer »also« gedacht.

Im Fernsehen laufen die Vorabendserien. Der Kopfteil von Mutters Bett ist nur ein wenig hochgestellt, weil sie das Sitzen nicht aushält. Sehen kann sie so nichts; der Ton sei ihr sowieso wichtiger. Die fremden Stilrunen und Geräusche, die Musik, das gefalle ihr, und Hören strenge sie auch nicht so an.

Anne breitet einen Stadtplan von Hamburg aus und zeigt mir, dass unsere Wohnung ganz in der Nähe von der ihres Sängers liegt – in einem weniger guten Stadtteil natürlich.

»Dass du immer noch an ihn denkst.«

»Warum nicht. Mutter und ich hören jeden Tag eine Platte von ihm.«

Sie kann sich kaum vorstellen, dass wir ihm noch nie begegnet sind. Wir würden ihn sicherlich gar nicht erkennen, er ist ja auch alt geworden.

Später hole ich die Fotografien heraus, die ich mitgebracht habe. Helgas Foto habe ich auch dabei.

»So sind wir eingerichtet – nicht so feudal, das ist die S-Bahn vom Fenster aus, hier waren wir an der Alster, Feuerwerk zum Kirschblütenfest ...«

Anne gibt die Bilder einzeln an Mutter weiter. Ich spiele mit dem Gedanken, Helgas Foto einfach darunterzumischen; wir würden ins Gespräch kommen, und ich müsste nicht fragen. Ich kann mich aber nicht davon trennen.

»Anne, hol doch mal Manfreds Bilder – da, auf dem Fernseher! «

Mutter kann es nicht erwarten; sie richtet sich auf und fuchtelt mit den Händen. Er verkauft Ladeneinrichtungen und wohnt im

Taunus. Das Haus sieht sehr groß aus, aber es gehört ihm nicht.

Ich will nichts von Manfred hören.

Siever sagte: Ihr Bruder ist erfolgreich, weil er es immer schon sein wollte – aber immerhin haben Sie schon die Yuppie-Grippe, das ist ein Anfang. Einen Bruder habe ich eigentlich nicht, sagte ich.

Wir gehen in Annes Zimmer. Sie zieht eine Langspielplatte aus dem vergilbten Cover; Irgendwann gibt's ein Wiedersehn und Heimatlos. Die Türen stehen offen, damit es Mutter auch hören kann. Der alte Plattenspieler rauscht und kratzt. Das Glas mit dem Sand und den Muscheln steht auf dem Fensterbrett, von meinen Zeichnungen ist nur die Gorch Fock übriggeblieben. Sie hängt gerahmt an der Wand – die Masten sind zu kurz, und die Galionsfigur ist zu groß.

Anne macht es uns gemütlich. Sie knipst die Lampe auf dem Tisch an. Über Annes Platz ist ein Schatten an der Decke. Es könnte auch die Dachschräge sein. Ich höre mein Klopfzeichen, und der kleine Junge fragt leise: »Warum darfst du die Musik nicht hören?«

»Er sagte, man muss sich mit dem abfinden, was man hat; was du nicht bekommen kannst, schlag dir aus dem Kopf. Ausgerechnet er sagte das.«

Sie ist nicht überrascht. Ich hätte auch fragen können, wie es heute bei der Arbeit war oder warum Schiffe nicht untergehen. Es ist für uns beide noch nicht lange her.

»Und dabei hat er geweint?«

»Einmal hat er geweint. Er war den ganzen Abend lang mit Onkel Heinrich zusammengewesen. Da kam er immer verändert zurück – sentimental, sie sprachen ja nur von früher. Er kam zu mir nach oben, er wollte nicht streiten, hörte sogar eine Weile zu.«

»Nicht einmal, wenn er die Schmerzen hatte, weinte er.«

»Ich habe mich auch gewundert, aber ich war glücklich – ich heulte ja auch dauernd. Er versteht mich, dachte ich, besser als alle anderen. Aber wir stritten uns doch wieder. In Stuttgart meinten sie, er hat über sich geweint; was nicht erstaunlich wäre – bei der Ehe.«

Anne weiß nichts von Helga. Sie hält das Foto unter die Lampe. Ich habe es das erste Mal aus der Hand gegeben. Die Klebestreifen reflektieren das Licht; sie leuchten weiß auf, als würde das Bild gleich verbrennen. Ich strecke schon die Hand aus, um es ihr wegzunehmen. Aber ich warte so lange, bis sie es zurückgibt, dann ist es wieder ein ganz normales Foto. Ich komme mir sehr erwachsen vor. Sie kennt es nicht. Mutter habe in letzter Zeit oft von einer Frau gesprochen, aber Anne konnte damit nichts anfangen. Manchmal sei Mutter auch nicht mehr richtig da und phantasiere.

Ich lasse mir die Adresse von Heinrich geben. Er wohnt in Ulm, das ist nicht weit – Vater hätte ihn doch öfter sehen können.

Anne bittet nur, dass ich ihr dann alles erzählen solle. Mutter werde sie ausrichten, dass ich einen Freund aus der Studienzeit besuche. Sie wäre sonst beleidigt, weil sie Heinrich nicht mag. Der Plattenspieler hat sich abgeschaltet.

An so einem Samstag hätten wir früher einen Ausflug gemacht. Wir wären in das Restaurant auf der Achalm gegangen, wo es Kaffee nur in Portionen gibt und das Stück Kuchen fünf Mark kostet.

Einmal saßen wir auf der großen Terrasse unter gelben Sonnenschirmen, aßen Schwarzwaldbecher, mit Schokostreuseln auf der Sahne, und ich holte mit dem langen Löffel das Vanille-Eis von ganz unten aus dem Glas. Dabei fiel ich fast vom Stuhl. Vater wischte sich vor Lachen eine Träne aus dem Auge, Mutter zupfte ihm ein Blatt aus dem Haar und streichelte ihn. Sie müssen sich doch geliebt haben, irgendwann.

Heinrich freute sich über meinen Anruf; nein, ich habe ihn nicht geweckt, er sei Frühaufsteher. Er hatte nicht gewusst, dass es Mutter so schlecht geht. Ich könne einfach vorbeikommen – keine Umstände, »wir wollten sowieso im Garten grillen, bei dem Wetter«, sie würden einfach mehr einkaufen.

Ingrid habe ich nicht erreicht. Aber ich gab ein Telegramm an die Adresse der Bibliothek auf. Am liebsten hätte ich Siever aus dem Bett geholt: Ich fahre nach Ulm, ich will es wissen.

An so einem Samstag ging ich zu Haralds Fest. Er feierte seinen Einzug in den Gemeinderat. Ingrid hatte mir geraten, nicht zu kommen – es würde mir weh tun, und für sie wäre es komisch. Ich wollte es ihr nicht ersparen.

Sie begrüßten mich gemeinsam im Treppenhaus, er legte die Hand auf ihre Schulter. Sie trug ein durchsichtiges Kleid. Es war neu.

Ich sah ihr Bett, weil ich meine Jacke dort ablegen sollte; auf dem Nachttisch ein Buch, das sie bei mir zu lesen angefangen hatte – jetzt war das Lesezeichen zwischen den letzten Seiten; wie konnte sie abends neben ihm liegen und lesen.

Es war keine gute Idee gewesen, hierherzukommen. Ich wäre gerne in der Küche geblieben, beim Nudelsalat und den Frikadellen; man füllte dort stumm den Teller und sprach mit niemandem. Aber Harald schob mich ins Wohnzimmer. Das Tribunal! rief er. Die Grüppchen unterbrachen ihre Gespräche, drehten die Köpfe zu uns. Ein paar stellten sich im Halbkreis auf – Philipp und Kai kannte ich. Einer drehte die Musik leiser.

Du wirst der Untreue beschuldigt – die Anklage lautet, den Arbeitskreisen ferngeblieben zu sein, sagte Harald vergnügt, hast du etwas zu deiner Verteidigung vorzubringen? Alle sahen mich an und warteten auf eine Antwort. Mir wurde schlecht.

Ingrid stand plötzlich neben uns. Harald, wir haben kein Bier mehr, sagte sie, Wein ist aber noch da. Sie prostete uns mit einem Glas Rotwein zu. Sie ist mein guter Geist, flüsterte mir Harald ins Ohr, du hast einen Schreck bekommen, was? Er klopfte mir auf die Schulter. Ingrid sah blass aus.

Ich wurde zum Verteilen von Flugblättern verurteilt. Kai formulierte schon den Text, Harald hatte einiges daran auszusetzen. Ich fragte nach dem Badezimmer und schloss mich ein.

Auf der Ablage unter dem Spiegel standen in einem Glas zwei Zahnbürsten, ein Körbchen mit Haarspangen, ihre Cremes, das Parfum und sein Rasierwasser. Ich durchsuchte alle Schränke; fand Tampons, Kondome, Anti-Baby-Zäpfchen, die hatte sie auch immer in der Handtasche dabei.

Warum macht sie nicht Schluss mit ihm? Weil er ihr erster Freund ist; weil sie sich mit sechzehn kennengelernt haben; weil er sie vor den Prüfungen abgefragt hat; weil sie jedes Jahr in die Bretagne fahren; weil er so engagiert ist; weil sie inzwischen wie Bruder und Schwester sind. Weil es ihr Spaß macht – sie hat nie behauptet, nicht mehr mit ihm zu schlafen. Mir tue es weh, für sie sei es komisch.

Die Türklinke bewegte sich. Ingrid wollte nach mir sehen. Ich ließ sie herein und schloss wieder ab. Bevor sie noch etwas sagen konnte, zog ich ihr von hinten das Kleid über den Kopf, drückte den Oberkörper über das Waschbecken, riss den Slip herunter, zwängte ihre Beine auseinander, knöpfte meine Hose auf. Sie versuchte, sich zu drehen und aufzurichten, stieß den Kopf an die Ablage, die Zahnbürsten zitterten – hör doch auf, hör doch auf. Tribunal, dachte ich. Draußen hörte ich Philipp reden, er holte sich Wein aus der Küche. Ich hätte die Tür aufreißen wollen: Schau mal, ich mache Haralds Freundin ein Kind!

Ich ließ sie los. Sie blieb gebückt stehen, als wäre es noch nicht vorbei. Ich ging aus dem Bad; sie stand immer noch am Waschhecken und rührte sich nicht. Ich nahm meine Jacke und verschwand aus der Wohnung, ohne gesehen zu werden. Es würde nie mehr vorbei sein.

Sie würde nicht mehr zu mir kommen, sie würde mich nicht mehr kennen. Vielleicht hatte ich sie verlieren wollen.

Aber ich stand drei Wochen lang um neunzehn Uhr am Fenster und wartete, bis sie am Schuhladen um die Ecke kommen müsste. Vergeblich; sie nahm einen anderen Weg. War sie in der Bibliothek – rief ich an und legte sofort auf, wenn ich ihre Stimme hörte.

Ich dachte daran, dass sie vielleicht schwanger war. Manchmal machte mich das glücklich, dann studierte ich die Bücher und lernte für die Examensarbeit; ich wäre Vater, und ein guter Beruf ist wichtig. Mutter und Vater hatten auch wegen Anne geheiratet. Er hatte in Schwurings Fabrik angefangen, weil man da am meisten verdiente. Sie könnte dann nicht mehr bei Harald bleiben – vielleicht wollte ich das.

Ich sah meine Hände an ihrer Hüfte; jeder Stoß hatte wie ein Schlag geklungen. Ich hatte nichts gefühlt. Ich frage mich, wie lange es gedauert hat. Am Wochenende vor der letzten schriftlichen Klausur, Samstagnachmittag, stand sie vor meiner Tür. Sie sagte sofort, dass sie ihre Tage bekommen habe, fast zwei Wochen zu spät, aber sie seien da. Es klang nicht erleichtert, nicht triumphierend – es war eine Nachricht. Eigentlich wollte sie nicht hereinkommen; eigentlich wollte sie mich nicht mehr sehen.

Ich machte Tee. Ich wusste nicht mehr, wie ich mich verhalten hatte, als ich mit Ingrid noch zusammen gewesen war.

Wir versuchten, uns zu unterhalten. Wir waren vorsichtig, höflich; ließen den anderen ausreden, hörten genau zu. Wir berührten uns nicht. Ich konnte nicht von Haralds Fest sprechen. Sobald ich damit anfing, veränderte sich meine Stimme, und ihre Lippen zitterten.

Schließlich schwiegen wir beide und sahen uns nicht mehr an. Ich dachte, sie würde gehen, weil sie es nicht mehr aushalten könnte. Ich wäre darüber nicht traurig gewesen; es hätte gepasst. Doch wir blieben sitzen, bis es dunkel wurde.

Dann gingen wir durch die Stadt, ohne uns an der Hand zu nehmen. Die Türen der Kneipen waren geöffnet, wir hörten Musik und rochen den Zigarettenrauch. Draußen standen noch Tische, die Bedienung zündete Windlichter an. Überall hingen Uhren. Sie müsste sicher bald zu Harald zurück; samstags hatte sie nie viel Zeit, aber dieser Tag war wohl unser letzter.

Wir kamen durch das alte Stadttor. Irgendwo hinter der neuen Gewerbeschule flackerte der Himmel. Eine halbe Stunde bis zum Rummelplatz; bis dahin nur Straßen, Tankstellen und der Fuhrpark eines Autoverleihers. In der entgegengesetzten Richtung wäre es schön gewesen. Alle Häuser in der Stadt haben ein großes Fenster zur Achalm hin, auch wenn man sie nicht von jedem Punkt aus sehen kann.

An diesem Abend wollten wir es nicht schön haben.

Eine Tüte gebrannte Mandeln. Die Attraktion war der Riesen-Polyp; blau beleuchtet, warf er Schatten über den ganzen Platz. Vor der Kasse standen wir in der Schlange. »Ein Alptraum! Meine Herrschaften – die Sekunde wird zur Ewigkeit!«, der Ansager hatte ein Taschentuch um das Mikrofon gewickelt.

Wir luden uns gegenseitig zu der Fahrt ein, kramten nach Kleingeld wie Kinder.

Die Lichter rasten vorbei; die Gondel flog in die Kurven und drehte sich, wir hielten uns schreiend am Bügel fest, wurden zusammen in eine Ecke gedrückt. Ich spürte sie für einen Augenblick. Wir wurden hin und her geworfen, ihre Haare schlugen in mein Gesicht. Ich bekam sie nicht zu fassen.

Mit weichen Knien stiegen wir aus, standen an der Absperrung und sahen den anderen zu. Wir sprachen über die Maschine und ihre Bewegungen, um sie zu verstehen: Sie dreht sich um die eigene Achse und liegt dabei schief, das ist am schlimmsten. Man hörte die Pressluft, sah zwischen den Metallplatten Zahnräder und eine große geschmierte Welle. Neben dem Kassenhäuschen waren die Abdeckplanen für die Nacht gestapelt.

Ich sah auf eine Uhr. Ingrid sagte, sie gehe nicht mehr zu Harald, sie bleibe das Wochenende bei mir.

Wir lagen im Bett, an einem Samstagabend; im Fernsehen lief ein alter Schwarzweißfilm. Wir lehnten uns nicht aneinander, als wir müde wurden.

Am Sonntag regnete es. Sie zog sich die Decke über den Kopf und blieb liegen – sie fühle sich krank. Ich blätterte in einem Aufsatz über das Geschichtsdrama, aber lieber saß ich neben ihr und wartete.

Irgendwann setzte sie sich auf, zog die Knie an ihre Brust und begann, mit mir zu reden.

Erst als sie ihr Blut gesehen habe, sei sie wieder bei sich gewesen, sagte sie. Tagelang hatte sie das Ziehen im Bauch gespürt, das sie immer kurz davor hat; und ihr war sogar schwindlig gewesen, aber nichts passierte. Und Harald plante den gemeinsamen Urlaub. Sie entschuldigte sich, sie sei mit den Gedanken dauernd bei der Arbeit. Er hielt einen Vortrag über die Ausbeutung im öffentlichen Dienst. Es war verlogen, mit ihm an einem Tisch zu sitzen; alles war verlogen. Sie schloss das Badezimmer ab, wenn sie sich duschen wollte. Sie habe sich dazu entschlossen, Harald zu verlassen.

Ich nahm sie in die Arme, entschuldigte mich; ich hätte es nicht mehr aushalten können, ich wolle sie für immer. Es war eine Szene aus dem Schwarzweißfilm, der sehr gut war, weil man nicht genau wusste, ob es die Hauptdarsteller ehrlich miteinander meinen. Das Ende hatten wir allerdings verschlafen.

Im Alten Hörsaal schrieb ich meine Abschlussklausur; vier Stunden lang ohne Unterbrechung. Wir hatten Pläne gemacht, wir wollten heiraten, nach Hamburg gehen – weg von hier. Ich wusste, abends würde sie bei mir sein und bleiben. Ich müsste nicht mehr auf die Uhr sehen. Ich war glücklich.

Lieben Sie Ihre Frau? Auf der Skala mit zehn Werten würde ich den fünften Platz ankreuzen, das entspricht einem Unentschieden.

Viertel vor elf – ich bin viel zu früh hier. Heinrich wohnt auf der anderen Seite der Donau, in Bayern. Der Bus fährt am Münster vorüber, bei einer Brücke steige ich aus.

Ich gehe am Ufer entlang und setze mich an einen Kinderspielplatz. Die Mütter stehen am Sandkasten und rufen. Drei kleine Jungen kommen herbeigelaufen – »Nur noch zehn Minuten!« – und rennen wieder weg. Sie klettern die Rutschbahn hoch, rutschen am Klettergerüst herunter. Es hat die Form eines Dinosauriers.

Mit dem Brief an Siever habe ich schon im Zug angefangen. Der Stand der Dinge, thematisch geordnet; wie ich mich fühle, woran ich mich erinnere. Jeden Tag will ich ihm zeigen, mit Datum und Uhrzeit. Ich will noch über die Fahrt nach Ulm schreiben und betonen, dass sie kein Vorwand ist, von Mutter wegzukommen. Es hängt mit den Orten zusammen, die Zeit ging mit den Orten verloren und lässt sich durch die Orte wiederfinden.

Halb zwölf. Die Mütter nehmen ihre Kinder bei der Hand und ziehen sie von ihrem Spiel weg – »Das waren doch keine zehn Minuten!« protestieren sie.

Ich gehe über die Brücke zu der Siedlung, in der Heinrich und Lizzy wohnen.

VIII

Das Reihenhäuschen ist hellblau gestrichen; links und rechts davon weiße Fassaden – die Grenzen sind akkurat gezogen. An den alten Fensterläden blättert die Farbe ab, über der verrosteten Klingel stehen zwei Namen. Die anderen Häuser haben eine Gegensprechanlage.

Sie freuen sich über meinen Besuch; wiedererkannt hätten sie mich allerdings nicht. Lizzy räuspert sich. Sie sieht Mutter ähnlich; das war mir damals nicht aufgefallen. Heinrich ist dicker geworden. So könnte Vater jetzt im Alter aussehen. Wir stehen uns gegenüber und wissen nicht, ob wir uns umarmen sollen. Ich ducke mich ein wenig: »Ich habe euch viel größer in Erinnerung.«

Das war frech. Heinrich nimmt lachend meine Hand und zieht mich endlich ins Haus. Im Flur hängen Spitzweg-Drucke, irgendwas müsse ja an die Wände. Die Garderobe darf man nur gleichmäßig belasten; Heinrich habe sie gebaut.

Lizzy geht mit mir in den Garten. Der Grill steht schon auf der Veranda, in der Regentonne liegen Bierflaschen. Heinrich schleppt einen Sack Holzkohle aus dem Keller. Lizzy zeigt mir die Beete, die keine sind: »Da ist noch ein Salat. Uns ist nie langweilig, vielleicht sind wir deshalb so unordentlich.« Sie pflückt Kräuter und fragt mich beiläufig nach Mutter. »Es wäre schön, sie noch einmal zu sehen«, sagt sie, als sei es unmöglich.

Ich weiß nicht, was Mutter gegen Heinrich und Lizzy hat. Sie konnte es nie leiden, dass sich Vater und Heinrich so gut verstanden hatten. Vielleicht, weil sie gemeinsame Erlebnisse hatten. Sie war darauf eifersüchtig gewesen, wie auf meine Diskussionen mit Anne. Als Heinrich ihre Schwester kennenlernte, glaubte Mutter wahrscheinlich, Lizzy erfahre etwas über Vater, was sie selbst nicht einmal wusste.

Wir putzen den Salat. Heinrich macht ihn in einer Waschschüssel an. Lizzy legt das Fleisch auf den Grill. Es riecht schon nach Gebratenem, aber der Duft kommt aus den Nachbargärten. »Die ganze Straße grillt heute.« Er hält nichts von den Nachbarn – sie mussten wegen denen die Bäume stutzen und dürfen keinen Efeu pflanzen. Außerdem sind es Bayern.

»Wenn du in Hamburg wohnst, gehst du doch bestimmt segeln.« Das würde Heinrich noch lernen wollen. Er kneift Lizzy in den Arm – »Wie wärs?« Lizzy stöhnt. Er setzt sich auf einen Klappstuhl mit ausgebleichtem Kissen. »Ich bin doch im Vorruhestand und habe Zeit – noch habe ich Zeit.«

»Jetzt hör aber auf!« sagt Lizzy. Ich setze mich neben ihn.

Heinrich sagt, er denke schon viel zu oft an früher; erzähle immer wieder die alten Geschichten. Eine Alterskrankheit sei das. Ich würde die Geschichten gerne hören, sage ich. »Das solltest du lieber nicht sagen«, meint Lizzy und bringt das Fleisch. Wir lachen.

Vieles kommt mir bekannt vor: Operation Weserübung 1940. Wachbataillon Norge, Nasjonal Samling; dass er zum ersten Mal von daheim weg war, dass er keine richtigen Nazis kannte. Was nichts heiße, sagt Lizzy, keiner sage, er habe Nazis gekannt, alle waren plötzlich nur Soldaten.

Ich muss es von Vater gehört haben; vielleicht hat er es nachts in der Küche erzählt oder während der Arbeit in der Scheune – ich kann mich nicht erinnern.

Sie fühlten sich nicht als Besatzung. Es gab eine Deutsche Brücke, die Kirche der Deutschen; die Offiziere sagten zu ihnen, Deutsche seien schon immer in Bergen gewesen, schon zur Zeit der Hanse habe man von den Deutschen profitiert. Auch norwegische Politiker sagten das. Kollaborateure nannte man sie später.

Sie dachten nicht an Politik. Für sie war es Schullandheim, ein Abenteuerspielplatz, sagt Lizzy. Meier aus Crailsheim, Schulze aus Eningen – sie alle waren zum ersten Mal von zu Hause weg.

Heinrich hat eine Hand voll Fotografien; gewellt und mit zackigem Rand. Er rückt die Teller beiseite, legt die Bilder vor sich aus.

Sie sahen verwegen aus in ihren Uniformen; mit den Mützen schräg auf dem Kopf, die Mantelkragen hochgeschlagen, den Reichsadler am Revers. Man fotografierte sich gegenseitig: wie sie auf den Felsen sitzen, nachdenklich in die Ferne über den Fjord blicken, einen Hund neben sich, der an ihnen hochsieht. Immer derselbe Fels, derselbe Hund, immer allein. Manchmal liegt Schnee in den Steinritzen, man sieht ihren Gesichtern die Kälte an – eine Zigarettenreklame. Wäre da nicht das Bild von Vater vor der Hütte an einer Flak und den Kriegsschiffen im Hafen. Doch auf dem Foto daneben: Weihnachten – so sah ihre Stube aus; Meier mit dem Akkordeon im Vordergrund. Vater und Heinrich sitzen oben auf dem Stockbett, prosten der Kamera zu. Darunter: Vater und Heinrich im selbstgebauten Tretboot an einem kleinen Anleger – als wollten sie durch den Fjord ins offene Meer hinausfahren. Und: Vater und Heinrich auf dem Deck eines Segelschiffes; in weißen Hemden, zwischen grauen Seilen, vor der schwarzen Ankerwinde. »Die Edvarda«, sagt Heinrich.

Ich lege mein Foto dazu. Vater hatte nur das eine Bild, sage ich.

Lizzy hört zu kauen auf. Sie sieht sich das Foto an.

»Du hast keins von ihr?« fragt sie Heinrich. Er hätte gerne eines.

Helga hieß Eva. Vater und Heinrich machten ihr den Hof – zunächst mehr aus Spaß. Sie sprachen über Eva, wenn sie in ihren Betten lagen; beobachteten das Schiff im Fernglas. Sie kannten alle Schiffe – das alte Dampfschiff, die Boote, die Fischkutter. Die vollen Netze waren für die Deutschen bestimmt, für sie wurden die Fische getrocknet. Die Edvarda gehörte Evas Familie. Keiner hatte das Schiff je unter Segeln gesehen. Manchmal fuhr es mit Motor nach Stavanger, transportierte Kisten für den Feind.

Sie gingen regelmäßig zum Hafen; standen am Pier, saßen auf der Hafenmauer – da hatten sie das Gefühl, einen Platz zu haben, obwohl ihnen der Hafen besonders fremd war. Dort waren sie Eva begegnet.

Sie nahmen ihretwegen bei Meier Dänisch-Unterricht. Norweger verstehen auch Dänisch, erklärte Meier. Wieso Meier aus Crailsheim Dänisch konnte, wusste keiner; er war sowieso ein Geheimniskrämer und Wichtigtuer, meint Heinrich.

»Kan du tale dansk?«

»Ja, det kan jeg godt.«

»Jeg hedder Heinrich. Hvad hedder du?«

»Jeg hedder Eva.«

Heinrich freut sich immer noch über die Sätze.

Sie warf ihnen das Tau zum Festmachen zu.

Evas Vater hatte nichts gegen die Deutschen. Dass die Fische für die Soldaten gefangen, dass norwegische Bäume für den Bohlenbelag von deutschen Flugplätzen gefällt wurden, fand er nicht richtig. Aber es interessierte ihn eigentlich nicht. Er hatte nur sein Schiff im Kopf. Wer seine Edvarda schön fand, war sein Freund.

Sie durften an Bord. Er führte sie herum. Später wussten sie, was sie gesehen hatten: Außenklüver, Innenklüver, Fock, Schoner, Hauptsegel, alles schön eingepackt.

Sie hätten sich wie die Gockel benommen, sagt Heinrich. Lizzy sieht ihn schief an und nickt – wenn es um eine Frau gehe, sei man eben doch die Besatzungsmacht, meint sie.

Sie standen breitbeinig und aufgeblasen da, die Hände in den Hosentaschen; versuchten, mit den paar Brocken Dänisch Eindruck zu machen. Eva übersetzte, was ihr Vater sagte; er sprach einen fürchterlichen Dialekt. Heinrich gab vor, ins Deutsche zu übersetzen; Vater tat so, als sei das überhaupt nicht nötig, weil er ohnehin jedes Wort verstehe.

Das nächste Mal kam Meier als Dolmetscher mit. Aber der stahl ihnen die Schau. Eva unterhielt sich nur noch mit ihm, und sie mussten immer nachfragen, was sie gerade gesagt, worüber sie gelacht hatten. Meier spielte sich auf und gab das Gespräch sinngemäß wieder. Dabei verwechselte er die Worte, weil er ja schon dänisch dachte – »tolv Personen brauche man mindestens, um die Edvarda segeln zu können«. Heinrich vergesse nie, wie Meier mit einem Oberlehrerblick zu ihnen sagte: »Ach so, die Zahlen hatten wir noch nicht.«

Immerhin erfuhren sie, dass Eva in der Konservenfabrik arbeitete. Ihr Vater sei auf Frachtern zur See gefahren; jetzt lebe er von Gelegenheitsarbeiten. Das Schiff sei sein einziger Besitz.

Auf dem Weg zu ihrer Hütte hatten Heinrich und Vater die Idee, mit der Edvarda auf Fahrt zu gehen. Sie würden bestimmt zwölf Leute zusammenbekommen. Evas Vater könnte ihnen alles erklären.

Lizzy legt die Würste auf den Grill: »Krieg. Und ihr dachtet ans Segeln ... – sie haben außerdem Hunde dressiert«, sagt sie zu mir, »das ist auch eine seiner Lieblingsgeschichten; ließen sie Männchen machen und hingen ihnen die Ferngläser um den Hals, da gibt es auch Bilder.«

»Es gab viele streunende Hunde in Bergen – sie bekamen von uns Fressen! Was ist daran schlimm?«

»Streunende Deutsche, streunende Norweger, man hängt ihnen einfach ein Fernglas um den Hals.«

»Lizzy ist sehr klug« , sagt Heinrich, »trotzdem sind wir leider arm geblieben.«

Lizzy schüttelt den Kopf und stellt für Heinrich noch ein Bier auf den Tisch – »der Alkohol kann bei dir nichts mehr kaputtmachen«, sagt sie.

Aber sie lächelt. Er zieht sie an der Hand zu sich herunter; sie sitzt auf seinem Schoß. Der Klappstuhl bricht gleich zusammen, denke ich, darüber würden sie nur lachen. Sie küssen sich und schließen die Augen dabei.

Ich sehe beiseite, wünsche mir, ihr Sohn zu sein. Ich wäre gerne hier aufgewachsen, zwischen den Beeten, die keine sind. In der Schule hätte ich mir Erklärungen ausdenken müssen, warum meine Eltern nicht verheiratet sind. Sie hätten bestimmt nicht geheiratet, auch nicht wegen eines Kindes. Mir wäre schon etwas eingefallen, und sie wären trotzdem Vater und Mutter geblieben.

Mutter liegt im Sterben. Und Heinrich erzählt die Geschichte von Vaters großer Liebe.

Plötzlich hielt sich Vater aus den Gesprächen über Eva heraus. Viele von ihnen hatten norwegische Freundinnen; es war ein Sport, sie miteinander zu vergleichen – so, wie sie ihre Bizeps verglichen und die Zahl der Liegestützen. Es war ein Sport, »eine zu kriegen«. Vielleicht gehörte es auch zum Held-Sein. Man empfand es als tragisch, später jemanden zurücklassen zu müssen, und sah sich schon nachdenklich auf einem Schiff in die Heimat fahren. Denn am Ende des Krieges, bald, würden sie wieder daheim sein und hätten eine deutsche Frau; die meisten hatten schon eine Verlobte. Aber von denen sprachen sie nicht.

»Dein Vater wollte nicht zurück. Und das lag an Eva.«

Sie hatten bisher immer alles zusammen unternommen, sie wollten auch das Segeln gemeinsam organisieren: Vier andere von ihnen machten noch mit; Meier war dabei, aber was soll's – er war ja nützlich. Evas Vater hatte Freunde, die es nicht störte, dass Deutsche dabei sein würden. Heinrich glaubte damals, es sei einfach eine Abwechslung, ein Erlebnis, Abenteuer – mehr nicht.

Vater setzte sich ab, wenn er keinen Dienst hatte. Heinrich wurde nicht gefragt, ob er mitkommen möchte; Vater erzählte nicht, wo er gewesen war – er musste richtig ausgequetscht werden. Heinrich hätte es sich denken können: Vater traf Eva; holte sie von der Fabrik ab, war mit ihr am Bootsanleger, stand im Regen unter den Fichten, saß mit ihr in der »Kirche der Deutschen«, wo es trocken war.

»Die Deutschen ...« – Eva konnte es ihm nicht sagen; Vater verstand sie ja nicht, aber er bemerkte die Blicke der anderen. Die Arbeiterinnen, die gerade noch mit ihr gesprochen hatten und sie stehenließen, als er einen Schritt auf sie zu tat. Die Männer ohne Uniformen, die ihre Köpfe zusammensteckten, wenn er mit ihr durch die Straßen ging. Sie wollte sich nicht mit ihm zeigen, sie hatte Angst. Sie trafen sich trotzdem.

»Er sagte zu mir: Heinrich, ich weiß jetzt, dass wir im Krieg sind.«

»Tyskertøsenne« nannten sie die Frauen, die sich mit deutschen Soldaten einließen; wer es mit einem Deutschen macht, macht es mit jedem – hieß es.

Lizzy will nichts mehr hören. Sie unterbricht Heinrich aufgeregt, erzählt, wie sie mit Mutter nach dem Krieg Holz zum Heizen stahl; wie sie aus alten Kleidern neue nähten; wie sie sich trennen mussten, weil es in ihrem Dorf keine Arbeit gab. Mit vierzehn Jahren mussten sie in fremden Häusern leben, anderen den Haushalt führen, Kinder erziehen ...

»... um einen schwachsinnigen Jungen musste sich deine Mutter kümmern – dabei war sie selber noch ein Kind. Treppauf, treppab, durch das Haus und durch die Zimmer musste sie ihn tragen, weil die Eltern seine Verrenkungen beim Gehen nicht sehen wollten. Ganz allein war sie da, keiner half ihr. Da war sie froh, als sie deinen Vater fand, und dein Vater war auch froh, sie zu haben. Es spielt doch keine Rolle, dass es für ihn irgendwann eine andere Frau gab, auch wenn er für sie beinahe ins Wasser gesprungen wäre. Mein Gott – keiner bekam, was er wollte ...«

Sie lässt Heimich nicht mehr zu Wort kommen, wird sehr laut und sagt es doch nur für ihren Schlusssatz:

»Warum noch darüber reden – es ist vorbei.«

Nach Lizzys Plädoyer schweigen wir. Sie kratzt sich am Kopf; sie weiß nicht, warum sie so aufgebracht war. Aus dem Nachbargarten hört man Blasmusik aus einem Kofferradio; ein Radiosprecher kündigt den nächsten Hörerwunsch an: Die schöne blaue Donau für ein Paar zur Goldenen Hochzeit.

Ich könnte jetzt Lizzy erklären, dass überhaupt nichts »vorbei« sei; was man daran erkenne, dass ich hier bei ihnen sitze. Ich hätte euch nie besucht, wenn Vaters Geschichte tatsächlich vorbei wäre.

Als kleiner Junge schon habe ich kein Ende für meine Geschichten gefunden, könnte ich erzählen, weil ich nicht wusste, wo das Alte aufhört und das Neue anfängt – wie im Krieg, Lizzy, bei den Kleidern, die ihr umgenäht und verändert habt. Dabei habe ich Geschichten immer geliebt, weil sie einen Schluss haben und weil der

Schluss einen Sinn macht. Das ist im Leben ganz anders, könnte ich sagen.

Meine Heirat, zum Beispiel. Das war ein Anfang. Wir hatten ein richtiges Fest: eine kirchliche Trauung, eine Feier im Höhenrestaurant. Silberne Kerzenleuchter standen auf den Tischen, Gedecke mit verschiedenen aufeinander gestellten Tellern, mehr Besteck, als man brauchte, Tischkarten, in der Farbe zum Brautstrauß passend. Die Gäste ließen uns hochleben und waren gerührt. Mutter hielt eine Rede, die sie aufgeschrieben hatte.

Ich bekam einen Schwiegervater, der erleichtert war, dass jetzt alles seine Ordnung hatte, und auch eine Rede halten musste; eine Schwiegermutter, fremde Großeltern, unbekannte Tanten. Wir hatten Kollegen, Kommilitonen, Nachbarn, die wir durch unsere Einladung zu Freunden machten. Anne und Manfred waren da. Aber kein Harald, kein Philipp, kein Onkel Ernst, die gehörten nicht dazu, das war vorbei.

So jung kommen wir nicht mehr zusammen! Nach Mitternacht wurden die Stühle zusammen gerückt, wir trinken noch ein Glas Wein; zu zweit oder zu dritt gingen wir nach draußen, frische Luft schnappen; die Luft roch nach Heu und Blättern. Mutter duzte meinen Schwiegervater, Anne lachte über einen Witz von Ingrid, ich sprach mit Manfred über früher. Er konnte sich nicht mehr genau an unsere Sonntagsausflüge erinnern; an den Garten mit dem gemauerten Kamin, den wir von ferne gesehen hatten – »Du wolltest das später auch einmal haben, weißt du noch?«

Das Ganze war ein Abschiedsgeschenk; alles hatten wir an dem Abend zusammengefügt, zu einer Familie, die man verlassen konnte. Es war schön, darüber traurig zu sein.

Ich sah wieder die beleuchtete Stadt, folgte den Lichterketten –

die Hauptstraße, die Marienkirche. In einer Woche sind wir nicht mehr hier. In einer Woche leben wir in Hamburg. Ingrid kam zu mir, stellte sich neben mich. Ich hatte an sie gedacht, und sie war da. Das wäre der Schluss für eine Geschichte.

Vater hat das Ende seiner Liebesgeschichte nicht erlebt. Deshalb wohl ist sie weitergegangen.

Der Segeltörn hatte ein Aktenzeichen. Er war von politischem Interesse, und Meier wurde wegen seiner Sprachkenntnisse zum Leiter des Unternehmens ernannt; auch ein Norweger wurde eingeschleust, der schon für die Deutschen gearbeitet hatte, bevor sie im Land waren. » Freundschaftsbildende Maßnahme« hieß es, eine Gesinnungsprüfung war es.

Heinrich und Vater wussten nichts davon oder wollten nichts davon wissen – sie verstanden es einfach als Segen von oben, den brauchten sie. Der Törn wurde bespitzelt – alles war geplant: das Akkordeonspiel, abends in der Kajüte; die Alkoholzuteilung, reichlich, um die Zungen zu lockern. Jemand, den sie nicht kannten, wollte erfahren, wie sich die norwegische Bevölkerung gegenüber der deutschen Schutzmacht verhält; außerhalb der alltäglichen Begegnungen. Die »norwegische Bevölkerung« bestand aus sieben Mann an Bord der Edvarda.

Eva war nicht dabei.

Die Deutschen wurden für achtundvierzig Stunden freigestellt. Sie fuhren aus dem Hafen, sie standen auf dem Oberdeck, ließen die Arme kreisen, winkten mit den Mützen – von dort oben, von ihrer Stellung in den Bergen aus, wurden sie beobachtet; das Rufen konnte man nicht hören.

Sie packten die Segel aus. Sechs von ihnen zogen das Schoner-Segel hoch. Evas Vater lief hin und her, brüllte herum und freute sich darüber. Die Norweger zeigten stumm die Handgriffe. Das Tuch schlug gegen die Seile, bis sie im Wind lagen.

Sie segelten in Richtung Stavanger. Die Norweger standen am Ruder, die Deutschen übten das Belegen der Nägel. Heinrich und Vater hatten das Gefühl, auf einer Stelle zu bleiben, und suchten Punkte an der Küste, um ihre Geschwindigkeit zu messen. Heinrich schätzte die Entfernungen und zählte die Sekunden. Ein Felsblock, ein Anleger kamen langsam näher und zogen schneller vorbei als erwartet.

Nach Stunden war es gleichgültig, wie schnell sie fuhren. Sie sahen auf den Bug, der sich senkte und hob, hörten den Wind, der in der Takelage pfiff. Keiner wollte sprechen, niemand mehr wollte einen der grauen Zerstörer sehen.

Sie ankerten in einer Bucht. Für einen schönen Sonnenuntergang war es zu trübe. Sie froren. Trotzdem blieb Vater den ganzen Abend lang auf Deck, zeigte sich nur einmal unten, um das Essen und Bier zu holen. Heinrich saß bei den anderen in der Kajüte, da war es warm. Sie spielten Karten. Meier holte sein Akkordeon, aber sie wollten keine Volkslieder hören.

Um Mitternacht sah Heinrich noch mal nach Vater. In der Kajüte war es immer lauter geworden; die Norweger sangen ein Lied, das nicht zur Melodie des Akkordeons passte, die Deutschen schrien dagegen an. Er konnte Vater nicht finden, er ging das ganze Schiff ab, rief nach ihm, versuchte, im schwarzen Wasser etwas zu entdecken. Als es in der Kajüte für einen Moment still war, hörte er einen Laut. Heinrich beugte sich über die Reling: Vater hielt sich außenbords an den Rumpf geklammert – er war nackt, klapperte mit den Zähnen. Heinrich wollte ihm seine Hand geben; er konnte sich nicht vorstellen, was passiert war. Vater schüttelte den Kopf; er werde zur Küste schwimmen, er komme nicht zurück, sie würden ihn nicht finden. Heinrich sagte nichts. Vater wusste selber, dass er es nicht schaffen konnte – deshalb hatte er noch nicht losgelassen. Das Wasser war eiskalt.

Heinrich half ihm, wieder an Bord zu klettern. Die Finger und Zehen waren blau. Vater zog seine Sachen an, die er in ein Wachstuch gewickelt hatte, um sie mitzunehmen.

Er wollte Eva in einer Hütte treffen; sie hatte den Platz auf einer Karte eingezeichnet. Sie hätten sich versteckt – irgendwann wäre der Krieg vorbei gewesen, sie wären zusammengeblieben. Er aber sei zu feige.

In der Kajüte stritten sie über die Fische für die Deutschen. Vater rieb sich die Zehen. Der Krieg ging vorbei.

Sie waren schon nicht mehr in Norwegen, als sie von dem Unglück erfuhren. Ein Munitionsschiff war im Hafen von Bergen explodiert. »Es hätte überhaupt nicht einfahren dürfen«, sagt Heinrich. Vater konnte nichts über Eva herausfinden. Er war in Gefangenschaft, und in Norwegen fingen wie überall die Untersuchungen an. Wer sich mit den Nazis eingelassen hatte, dem ging es schlecht.

»Meiers Akkordeon muss auch noch in Bergen sein – wir konnten nichts mitnehmen. Ich würde gerne hinfahren.«

»Wozu? Dein Vater hat es richtig gemacht«, sagt Lizzy zu mir.

Ich schenke Heinrich Helgas Fotografie. Helga, die Eva hieß.

IX

Überall an ihrem Körper konnte man ihr Herz schlagen sehen; es pochte an der Schläfe, am Hals, am Handgelenk; hundertzwanzig Schläge, als wäre sie auf der Flucht – die Atemzüge so tief, als wären es die letzten.

Ihre Hände waren heiß – »Ich bin gleich wieder da, hörst du?« sagte ich. Sie zeigte keine Reaktion; der halbgeöffnete Mund, die halbgeöffneten Augen, das Atmen. Ich nahm den Schlüssel aus dem Kästchen im Flur. Jede Nacht gab es einen Punkt, an dem ich es nicht mehr aushielt. Ich musste aus dem Haus, nur bis zum Parkplatz hinter unserem Häuserblock; ich behielt immer das beleuchtete Fenster im Auge, aber ich hörte ihr Atmen nicht. Zehn Minuten, dann ging ich zurück – »Ich bin da, hörst du?« In dieser Nacht könnte es noch passieren oder am Morgen, wenn mich Anne ablöst. Es kann nicht mehr lange dauern, hatte die Ärztin gesagt.

Ich machte Notizen – für Siever: Ich bin die vierte Woche hier, Mutter ist seit einer Woche ohne Bewusstsein, die Ärztin hat vor drei Tagen die Infusionen abgesetzt. Die Pfleger kommen immer noch; sie besuchen uns – mit der Pflege haben sie aufgehört. Anne geht nicht mehr zur Arbeit. Wir warten.

Ich sah jeden Tag auf den Kalender, aber die Tage sagten mir nichts. Ich versuchte eine Einteilung: Dienstags kam im Laden die Hauptlieferung, mittwochs hatte ich meistens frei, abends ging ich immer zu Siever ... ich sah auf den Sekundenzeiger, der bewegte sich mechanisch, wie Mutters Brustkorb.

Eigentlich müsste es schon vorbei sein, ohne Nährstoffe, ohne Flüssigkeit, in diesem Zustand – zwei Tage, hatte die Ärztin gesagt. Sie will nicht gehen, sagte ich. Aber Zeit ist ein chemischer Prozess.

»Weißt du noch? – Der alte Mann in Tübingen, er nannte dich Maria.«

»Ja, da ging es mir schlecht.«

»Weißt du, dass ich fast nach Amerika ausgewandert
wäre?«

Anne wusste es nicht; sie wusste nicht, dass es wahrscheinlich Vaters Seemannsknoten waren, die sie mir als Kind gezeigt hatte. Sie hat es vielleicht nie gewusst, und jetzt war es nicht mehr wichtig für sie. Für Anne war jetzt nur noch Anne wichtig. Wenn Mutters Zeit zu Ende ist, wird ihre anfangen. Anne plante die Haushaltsauflösung.

Ich spielte Memory.

Mutter hing an einem Tropf, als ich aus Ulm zurückkam. Ich sagte nicht, dass ich bei Heinrich und Lizzy gewesen war. Ich saß neben ihr und zerdrückte eine Banane; versuchte, ihr etwas davon zu geben. Sie presste lächelnd die Lippen zusammen. Ich stieß mit dem Löffel gegen ihre Zähne, der Brei verschmierte ihr Kinn. »Ich esse freiwillig, wenn ich Hunger habe«, sagte sie. Mutter schluckte nur die Schmerztabletten. Ich wollte keine Magensonde. Sie sollte nicht ins Krankenhaus gebracht werden.

Die Pfleger kamen täglich; wechselten die Windeln, puderten, packten ihr blutiges Ohr in Watte. Warum sie denn ihren Kopf immer auf die Seite lege, fragten sie. Sie wollte die Achalm nicht mehr sehen, sie starrte auf die Tapete. »Nebenan ist dein Zimmer, und Anne wohnt oben. Anne soll nicht abschließen«, sagte sie zu mir. Anne schließt nicht ab, antwortete ich.

Manchmal schien es ihr besserzugehen: Sie richtete sich auf, was man ihr schon gar nicht mehr zugetraut hätte; sie könne jetzt nicht länger herumliegen, sie müsse jetzt Kaffee für ihre Kinder machen, sagte sie, stand in Gedanken schon in der Küche »Ein Stückchen Kuchen?« Aber die Beine lagen im Bett und rührten sich nicht. Mutter schlug die Decke zur Seite und sah sie ungläubig an. Sie spürte nicht einmal unser Streicheln. Ihre alten Redewendungen und Gewohnheiten waren nur noch Reflexe.

Die Ärztin sprach mit gesenkter Stimme von einem Krankheits-Schub und wunderte sich nicht über die geistige Verwirrung: zu wenig Flüssigkeit und das Morphin. Bei Mutter am Bett gab sie sich volkstümlich, während sie die Infusion anlegte; sprach vom wunderschönen Herbst, der mit seinem Licht das Land vergolde.

Mutter behielt nichts mehr bei sich. Wuir blieben bei ihr, hielten ihren Kopf, damit sie nicht erstickt. Die Nachtwachen fingen an.

Die Viertelstunden-Schläge der Kirche; die Stille, die in den Ohren surrte wie eine Fliege. Eine kleine Leselampe brannte. Ich strich über ihre knochige Hand, verfolgte die Adern, die durch die Berührung zur Seite geschoben wurden; drückte mit dem Finger Mulden in die Haut. Ich ließ meine Hand neben ihrer liegen, studierte meine braunen Flecken.

Anstatt zu lesen, suchte ich in einem Taschenspiegel jeden Millimeter meines Gesichts nach Veränderungen ab. Mutter fragte nicht, was ich da mache; oft bemerkte ich erst nach einer Weile, dass sie die Augen aufgeschlagen hatte und mir zusah. Ihr Blick war ganz klar, und sie sprach mit mir, ohne zu phantasieren und Worte durcheinanderzubringen.

Sie erinnerte sich an Geschichten von früher. Als ich die Kinderkrankheiten hatte, Mumps, Masern, Windpocken, habe sie an meinem Bett gesessen und gewacht – weil ich doch immer so hohes Fieber bekam; fast einundvierzig Grad hatte ich einmal. Alle liefen mitten in der Nacht aufgeregt durch die Wohnung, sie machten Wadenwickel, der Hausarzt kam. Sie sei bei mir geblieben, bis ich wieder eingeschlafen war, dann habe sie für sich und Vater das Frühstück gemacht. »Er war morgens nicht ansprechbar, genau wie du«, sagte sie. Sie habe sich immer so gerne mit ihm unterhalten. Oder mit mir – sie hatte doch niemanden mehr, als Anne weg war. »Jetzt sind wir wieder zusammen«, sagte ich, » Anne schläft, aber sie ist da.«

Ich ließ Anne länger schlafen, brauchte keine Ablösung – ich wurde nicht mehr müde. Ich fühlte mich krank, das hatte sich nicht verändert, aber ich hatte jetzt einen Grund dafür, und das war neu. Der Geruch von Mutters Windel und der Desinfektion. der Anblick ihrer Infusionslösungen, die Spritzen. Morphiumampullen, die Nachtwachen: wie hätte es mir gutgehen können.

Ich erlebte die passende Situation zu meinen Symptomen: meine seltsame Krankheit hatte sie nur vorweggenommen.

Frühmorgens blätterte ich in Sievers Zeitschriften und las von der Heilung der Welt durch positive Energie. Sie erscheinen wöchentlich. Siever empfiehlt in seiner Kolumne das Buch eines Kollegen, der Krebskrankheiten als Versinken des Geistes in Materie charakterisiert; daran kranke die Welt, daran gehe sie zugrunde. Die oftmals lange Dauer einer Krankheit gebe dem Menschen jedoch Zeit, sich vom Materiellen zu lösen und eine neue Spiritualität zu erlangen. Armen Leuten fällt das wahrscheinlich nicht so leicht. Siever fährt einen schwarzen Mercedes.

Ich rief Ingrid oft in der Bibliothek an; morgens gegen sieben sei es am besten. Sie hatte ein Zimmer ohne Telefon in einem schmuddeligen Bezirk, abends traue sie sich nicht mehr weg – nicht mal zum Telefonieren. Sie habe schon alle Sherlock-Holmes-Geschichten gelesen, das passe zur Jahreszeit und zur Gegend.

Auf mein Telegramm hatte sie sich gemeldet: sie entschuldigte sich: Daheim lägen bestimmt schon drei Briefe von ihr, sie habe wirklich versucht, mich zu erreichen. Sie konnte nicht kommen, es gab keine Vertretung. Ich glaubte ihr alles; ich war froh, ihre Stimme zu hören, und erschrak, weil ich nicht mehr genau wusste, wie sie aussah. Ich konnte mir nicht vorstellen, dass sie eine Frau war; ich zog uns in Gedanken aus, wir versuchten miteinander zu schlafen, doch wir hielten uns nur fest.

Die Zahlen ratterten, beim zweiten Klingelzeichen hob sie ab. »Hallo, this is …«, ich unterbrach sie – »ach, du bist es! « Sie klang ganz nah, ich konnte flüstern, um Mutter nicht zu wecken. Ich ließ mir erzählen, was sie gerade machte. Sie sitze vor einem Computer und bearbeite die Ausleihe; bevor sie aufmachten, müssten auch noch die Neuanschaffungen katalogisiert werden. Nein, nein, ich halte sie nicht von der Arbeit ab. Dann kam der Blick aus dem Fenster, es war ein Spiel. Sie drehte ihren Bürostuhl, ich hörte das Quietschen, und beschrieb mir die Straße. Kein Nebel, kein Sherlock Holmes; Klinkerbauten und eine Kreuzung, wenn sie den Hals ein wenig streckte; wenig Verkehr, eine Frau mit Kinderwagen. Die Frau sieht arm aus, trägt rote Strümpfe und einen gelben Mantel – wie sie wohl zu dem neuen Kinderwagen kommt? Ingrid konnte sogar eine Tüte Brötchen und eine Zeitung im Einkaufsnetz erkennen.

Ich erfand eine Geschichte zu der Frau. Sie ist sicher Studentin, au pair bei einer englischen Familie. Morgens geht sie mit dem Kind spazieren, bringt das Frühstück und die Zeitung mit. Die Familie ist natürlich reich; der Vater sammelt Antiquitäten und repariert alte Uhren.

Als wir nach unserer Hochzeit nach Hamburg fuhren, nachts, mit dem geliehenen Lkw, der nur halbvoll geworden war, erzählten wir uns Geschichten, um wach zu bleiben. Im Radio lief das Nachtprogramm, die Autobahnen waren leer, an den Raststätten gab es gekühlte Brote, in Folie eingeschweißt. Die anrührende Geschichte von dem jungen, sympathischen Paar, das in die Fremde zog, mochte Ingrid am liebsten; wir erzählten sie abwechselnd in Fortsetzungen: wie das junge, sympathische Paar in die Wohnung einzieht, die es nur von Fotografien und dem Grundriss her kannte; wie es den ersten Tag in der großen Stadt verbringt; wie es arbeitet, sich Geschenke macht, Kinder bekommt; wie sich die Liebenden noch nach Jahren ihre Geschichte erzählen, ohne müde zu werden.

Ob sie nichts mehr sehe, ob denn niemand sonst unterwegs sei, fragte ich Ingrid. Über die Passanten auf der Straße hätte ich stundenlang mit Ingrid reden können – nur über mich und Mutter konnte ich nichts sagen. Ingrid fragte immer wieder; ich werde dir später alles erzählen, vertröstete ich sie. Hoffentlich halten die Pflanzen in der Badewanne durch, sagte sie.

An dem Abend, bevor es passierte, hatte Anne Pläne gemacht. Wir saßen ausnahmsweise im Wohnzimmer; den ganzen Tag lang war es ruhig gewesen. Mutter hatte sich nicht übergeben müssen, sie hatte mit uns gesprochen, war nicht verwirrt. Die Ärztin meinte, wir könnten sie in dieser Nacht unbesorgt alleine lassen, wir sollten beide schlafen gehen.

Aber Anne war aufgedreht. Sie sah sich schon in Hamburg. Keinen Tag länger als nötig werde sie hierbleiben, wenn Mutter nicht mehr lebe, sagte sie. Sie habe es die ganze Zeit nicht geschafft, wegzukommen, sie halte nichts mehr. Ich machte die Wohnzimmertür zu. Was sie denn gehalten habe, fragte ich.

Sie konnte mir ihre Angst immer noch nicht erklären, obwohl sie in Stuttgart gewesen war und jeder sagte: Kaum zu glauben, eine hübsche Frau wie Sie und unverheiratet. Sie habe in Stuttgart nur gelernt, irgendwie leben zu können. Damals habe sie nach den Gesprächen mit dem Arzt und der Gruppe das Gefühl gehabt, über Felder zu gehen – dem Licht entgegen. Sie sprachen ja auch vom Leben als Licht.

Das wäre auch ein schöner Artikel, dachte ich: »Dem Licht entgegen – Wie ich meinen Klienten gesund, schön und erfolgreich machte«.

Anne hätte nicht sagen müssen, dass sie in der Nähe ihres Sängers wohnen wollte.

Ich wachte in der Nacht mit Herzklopfen aus meinem Hasen-Traum auf. Das Tier hat auf dem Spülstein gelegen, ich habe es gestreichelt, eine Pfote war heruntergerutscht – sein Kopf lag schwer in meiner Hand. Ich wusste sofort, dass mit Mutter etwas nicht stimmte. Für einen Moment überlegte ich, einfach liegenzubleiben. Ich wollte nichts mehr sehen, nichts mehr wissen; ich wollte schlafen und nicht mehr aufwachen.

Mutter saß aufgerichtet in ihrem Bett, ruderte mit den Armen, ließ langsam den Kopf kreisen, schnappte nach Luft wie ein Fisch. In ihrer Lunge brodelte der Schleim, die Stimme war nur noch ein Gurgeln, ich konnte sie nicht mehr verstehen. Ich klopfte ihr den Rücken ab, wie es die Pfleger gezeigt hatten: »Ich bin da, ich bin rechtzeitig gekommen, es wird bald besser.«

Ich weckte Alme. Wir holten die Ärztin.

Sie brachte eine Pumpe mit; fuhr mit einem dünnen Schlauch in Mutters Rachen, um den Schleim abzusaugen, gab ihr eine sekretlösende Spritze. Mutter würgte, versuchte zu husten, griff nach unseren Händen, sah uns mit großen Augen an. »Du stirbst nicht, wir sind rechtzeitig gekommen, verstehst du, wir waren rechtzeitig da« – ich weiß nicht, wie oft ich es wiederholt habe. Die Ärztin nahm meinen Arm und wollte mich aus dem Zimmer führen, ich ließ es nicht zu. Ich war still, aber ich blieb.

Mutter konnte wieder einschlafen, und am nächsten Tag warteten wir darauf, dass sie wieder aufwacht. Sie blieb ohne Bewusstsein. Ein komatöser Zustand, sagte die Ärztin, niemand weiß, ob sie noch etwas registriert.

Am vierten Tag ohne Infusion dachten wir, dass es einfach so weitergeht. Es war unmöglich, aber wir glaubten es trotzdem. Ihre Augen versanken in den Schädelhöhlen, aber sie atmete. Ich bekam unbezahlten Urlaub, der Jahresurlaub war aufgebraucht. Ich rechnete fast nicht mehr damit, noch mal nach Hause zu kommen.

Es war der zweiundzwanzigste Oktober. Ich saß auf dem Stuhl an ihrem Bett. Sie atmete nicht mehr, sie hatte einfach aufgehört – kein Aufbäumen, kein Augenaufschlag, die Uhren standen nicht still. Der Mund war geöffnet; Anne und ich banden ihn mit einem Tuch zu. Wenn die Starre einsetzt, kann man nichts mehr verändern. 14.05 Uhr steht auf dem Totenschein.

Wir gaben eine Anzeige auf. Bei der Beisetzung der Urne wurden uns von Besuchern weiße Umschläge mit schwarzem Rand gereicht. Manfred war da, er hatte eine Geschäftsreise unterbrochen; Ingrid war gekommen, für zwei Tage. Sie musste zurück. Ich werde sie in London besuchen, demnächst, bestimmt.

Ich fuhr allein nach Hamburg zurück. Anne blieb noch in der Wohnung.

Siever sieht mich über die Brille hinweg an:

»Und? Wie fühlen Sie sich jetzt?«

»Ich habe keine Eltern mehr, oder vielleicht habe ich jetzt erst welche. Ich habe keine Zeit mehr oder unendlich viel.«

Er zückt seinen Terminplaner. Es sei eine wichtige Phase, meint Siever, zweimal in der Woche sollten wir uns schon sehen.

»Das glaube ich nicht. Ich mag Sie nicht.«

Er starrt mich an.

»Lieben Sie eigentlich Ihre Frau, Herr Siever?«

NACHWORT

Der Lange Weg

Zum Wiedererscheinen von Alexander Häussers Roman »Memory«
Von Peter Henning

Was, wenn der eigene Körper urplötzlich den Dienst versagt, und jede ihm gestellte Anforderung bloß noch mit Verweigerung und Müdigkeit quittiert, weil die ihm innewohnende Seele an die im Kopf sitzende Schaltzentrale funkt: »Stop! Aufhören! Bis hierhin – und nicht weiter!«

Die moderne Psychologie hat den eher vagen, inzwischen gleichwohl inflationär bemühten Begriff »Burn-Out-Syndrom« zur Hand, wenn davon die Rede ist, dass einer ausgebrannt ist, aufgehört hat, zu funktionieren, nicht weiter kann, weil die eigenen Glieder tonnenschwer erscheinen – und jeder nächste Schritt zur Herkulesaufgabe wird.

Als Alexander Häussers feinnerviges Romandebüt »Memory« 1994 als Band 2379 der exquisiten Collection S. Fischer in Frankfurt erschien, war den meisten der Begriff Burn Out noch unbekannt, Psychologensprech mithin, auch wenn nicht wenige das Gefühl, ausgebrannt zu sein, bereits am eigenen Leib erfahren hatten: mit gerademal dreißig sprichwörtlich am Stock zu gehen, vorzeitig vergreist zu sein, nicht länger zu funktionieren. Da liegt es nahe, nach den Gründen für das eigene Nichtweiterkönnen zu suchen, eine Art innerer Inventur zu betreiben, will man zurück in sein altes, einst von Frische, Aktionismus und Munterkeit bestimmtes Leben.

Auch Alexander Häussers Ich-Erzähler geht – auf Anraten des von ihm im Buch konsultierten Psychologen Siever – diesen Weg, er will wissen, was es ist, das ihn so sehr niederdrückt, dass ihm ein Leben in der alten Form nicht länger möglich ist. So beginnt er im Dunkel der eigenen Vergangenheit nach möglichen Auslösern für seinen Zustand zu suchen, ja regelrecht zu fahnden, er blättert im Buch der eigenen Familiengeschichte wie in einem Katalog für kleine menschliche Verfehlungen. Und umso intensiver er sich auf den Dialog mit der eigenen Vergangenheit einlässt, desto klarer beginnt er die Zusammenhänge zwischen seinem latenten Leiden und dem, was einst in seiner Familie geschah, zu lesen, zu verstehen.

Er beginnt, dem programmatischen, auf das gleichnamige Kinderspiel »Memory« abzielenden Buchtitel folgend, Bildpaare zu bilden, Memoriertes und lange Verdrängtes innerhalb der Familienhistorie ins Verhältnis zu seinem jetzigen Leben zu setzen. Bis er das Verbindende und Trennende darin gewinnbringend voneinander zu unterscheiden lernt – und er in geläuterter Form neu vor sich selbst zu stehen kommt.

Alexander Häussers nun endlich wieder vorliegender Roman »Memory« ist das faszinierende Protokoll einer Selbstbefragung, die zur schonungslosen Befragung und Durchleuchtung einer ganzen Familie wird; ein Buch des Zweifels an den besten menschlichen Eigenschaften, bis hin zur eigenen Vernunft. Dabei bestach dieser Text schon zu Zeiten seines Erscheinens, Mitte der Neunzigerjahre, durch einen selten gewordenen sprachlichen Takt und eine Feinzeichnung der Personen, die in Folgebüchern wie »Zeppelin« (1998) und »Karnstedt verschwindet« (2007) ihre konsequente Fortschreibung erfuhren.

Alexander Häusser zählt zu jenen Autoren, die es sich nicht leicht machen, mit ihrem Schreiben, die nicht nach Markt und Verkaufszahlen schielen, wenn sie sich über die Tastatur ihres Rechners beugen. Seine Produktion vollzieht sich langsam, dauert oftmals Jahre; ein Umstand, der es im Grunde geradezu verunmöglicht, ihn dauerhaft an einem Markt zu etablieren, der von seinen Autoren Bücher im Zweijahresturnus einfordert. Und inzwischen, so scheint es, hat sich dieser Autor, was die Hervorbringungszyklen seiner Arbeiten angeht, erfolgreich im Achtjahresrhythmus eingependelt. Gut so. Warum auch nicht?

Gleichwohl sind Alexander Häussers Bücher so wenig vom Markt und aus unseren Köpfen wegzudenken wie es die Romane und Erzählungsbände solcher Autoren wie Christoph Meckel, Bodo Morshäuser oder auch Klaus Böldl sind. Bücher, die lange Wege und mithin Umwege gehen müssen, ehe sie uns erreichen, wieder erreichen. So wie Alexander Häussers erstaunlich frischer, heutiger Roman »Memory«, der in sich versammelt, was wirkliche Literatur ausmacht: Genauigkeit, Beharrlichkeit und die Weigerung, sich vorschnell zufrieden zu geben. »Memory« war und ist ein Buch über uns. Über unseren Hang zur Verdrängung, und über unser Laborieren daran. Und nicht zuletzt über unser Verlangen nach Klarheit, an deren Ende bestenfalls die Einsicht steht, etwas mehr zu wissen, als vorher, was manchmal nicht wenig ist. Kurz: Ein Buch dieser Jahre. Ein Findling. Kostbar und selten.

Anhang

Verlorene Kindheit

»Memory« – Alexander Häussers bemerkenswerter Roman über Jugenderziehung nach 1945

von Michael Wirth, aus Schweizer Monatshefte November 1994
(Abdruck mit freundlicher Genehmigung der SMHVerlag AG, Zürich)

Opfer der Nationalsozialisten waren auch Menschen, die, ohne verfolgt zu werden, ein scheinbar »normales« Leben führten. In seinem ersten Roman schreibt der junge deutsche Autor über die Last ihres Leids im Leben ihrer Kinder.

Seit den siebziger Jahren ist die Entdeckung junger Menschen in Deutschland und Österreich, dass die Eltern ihnen ihre Lebensgeschichte, nicht selten ihre Täterschaft in der Nazizeit, verschwiegen haben, Gegenstand literarischer Trauerarbeit. Diese Autoren schrieben, weil sie sich um die elterliche Identität und somit um einen wesentlichen Teil der eigenen betrogen fühlten. Mit seinem ersten Roman »Memory« fügt der 34jährige deutsche Autor Alexander Häusser, der 1991 in Walter Jens' Band »Schreibschule«

mit der Erzählungg »Der Stammhalter« auffiel, eine wichtige Facette hinzu: die der Übertragung des Leids in der Erziehung der Kinder nach 1945. Im Mittelpunkt von »Memory« stehen zwei Menschen, die weder zu den Tätern noch zu den Millionen von den Nazis Verfolgter und Umgebrachter zählten, sondern als junge Menschen durch das Regime seelisch beschädigt wurden. Noch Anfang der neunziger Jahre spüren zwischen 30 und 45 Jahre alte Menschen in Deutschland schmerzhaft die Folgen ihrer Erziehung durch Eltern, die unter dem Trauma von Zwängen und Entbehrungen litten, denen sie unter dem Naziregime ausgesetzt waren. Die Zürcher Psychoanalytikerin Alice Miller hat diese Kontinuität in ihrer 1979 erschienenen Studie »Das Drama des begabten Kindes« so bewertet: Diese Eltern erwarteten nicht selten von ihren Kindern eine Kompensation für die erlittenen Entbehrungen, indem sie von ihnen unbewusst immer wieder forderten, Mutter und Vater nicht zu enttäuschen. Das Kind habe sich mit der Zeit ganz darauf eingerichtet, eigene Wünsche zurückgestellt und sei, dem elterlichen Willen gemäß, »vernünftig« gewesen. Alexander Häussers autobiographische Züge tragender Ich-Erzähler ist ein »begabtes« Kind, dessen permanentes Bemühen, herauszufinden, wie es der Mutter recht zu machen sei, jetzt im Alter von dreißig Jahren einen chronischen Erschöpfungszustand zur Folge hat. Der nimmt dem Dreißigjährigen nach dem Universitätsstudium die intellektuelle Spannkraft und die Fähigkeit,

dem Leben die Stirn zu bieten. Lustlos verkauft er CDs in einem Musikgeschäft, pendelt ziellos hin und her zwischen seiner schwäbischen Heimat und Hamburg, wo er studiert hat, immer auf der Suche nach Vergangenem, immer auch auf den Spuren seiner Frau Ingrid, die zu einer weiteren beruflichen Ausbildung nach England gefahren ist, »weil wir ja dochkeine Kinder haben werden«.

Ein Eheproblem unserer Zeit? Vielleicht, doch gibt sich Häussers Alter-Ego damit nicht zufrieden. Er sucht nach den Gründen und findet sie auch: in seiner Kindheit. Intensive, von seinem Psychoanalytiker gelenkte Erinnerungsarbeit und die Erzählungen von Onkel Heinrich bringen tragische Begebenheiten im Leben seiner Eltern an den Tag, die den Kindern gegenüber verschwiegen wurden: Als junger, unverheirateter Mann gehörte der Vater zu Hitlers Besatzungsarmee in Norwegen. Er war bereit zu desertieren, um Eva, seine norwegische Geliebte, vor der gerichtlichen Verurteilung als Kollaborateurin zu retten, wurde aber von einem norwegischen Freund überredet, es nicht zu tun. Seit Kriegsende ist er ohne Nachricht von ihr. Beim Tod des Vaters findet die Familie des Ich-Erzählers Evas Bild und viel Geld in dessen persönlichen Sachen – stumme Zeugen eines Dramas, das über Jahrzehnte unausgesprochen blieb. Unsäglich, nie zur Sprache gekommen, ist auch, was die Mutter erlebt hat. Von einer Tante erfährt der Ich-Erzähler, dass die Mutter kaum 15 Jahre alt, das behinderte Kind eines Paares betreuen musste, das sich, der Wahnvorstellung der Nazis von der Existenz minderwertigen Lebens hörig, vor den ungelenken Bewegungen des Kindes ekelte.

Zurückgespulter Lebensfilm

Bild für Bild erstehen die Impressionen der Kindheit neu: der freudlose, graue, im Zeichen steten Sparens stehende, kleinbürgerliche Alltag in der schwäbischen Provinzstadt, das selbstgebastelte, aber leere Schmuckkästchen etwa, das Vater Mutter schenkt, der Nervenzusammenbruch der Schwester, der man das Schminken verbietet, die unvergessene Schülerliebe Marion, die Angst der Geschwister, das Schweigen der Eltern mir ihren Fragen aufzubrechen. Es sind Bilder des unterschwelligen Zwangs und des

Nicht-zu-einander-finden-Könnens. Traumata, für die es eine Erklärung gibt: das Lebensdrama der Elrern hat als Enttäuschung und Freudlosigkeit in der kindlichen Existenz seine Spur hinterlassen. Und wie im Kinderspiel »Memory« entdeckt der junge Mann jene Bilder ein zweites Mal wieder: vor allem das der Angst vor der Nähe zu Ingrid, seiner Frau.

Erinnertes und aktuelle Bestandesaufnahmen seiner Ehe schiebt der Autor collagenartig ineinander. Frühere und heutige Verhaltensweisen gleichen sich. Kommunikationsformen mit der Mutter werden zum Modell des Ich-Erzählers, mit dem er sich später auch, ohne es zu wollen, gegenüber Frauen auf Distanz hält. Der Ich-Erzähler erkennt seine eigene Tragik: Mühevoll war es in seiner Kindheit, die Zuneigung der Mutter immer wieder neu zu gewinnen, ihr zu gefallen. Zugleich durfte er ihr seinen Liebesanspruch nicht zu offen zeigen, denn das konnte sie überfordern, etwa, wenn er krank war und seine Schwester ihn pflegen musste. Unaushaltbar anstrengend muss diese Spannung, zu der das Kind gezwungen wurde, gewesen sein. Jetzt ist seine Lebensenergie verbraucht. Gegenüber der sich ihm immer wieder entziehenden Ingrid positioniert er sich deshalb so: »*Ich werde mich um sie bemühen, aber so, als brauche ich sie nicht – das wird ihr gefallen.*«

Die Unfähigkeit zu trauern

»*Niemand hat bekommen, was er wollte*«, trösten sich die älteren Menschen in Häussers Buch, und damit ist zweifellos das Bewusstsein der Kriegsgeneration gemeint, eine *lost generation* zu sein. Ein willkommener Trost für große Teile der deutschen Nachkriegsgesellschaft auch, um keine Trauerarbeit leisten zu müssen, weder für die Millionen Opfer des Naziterrors, noch für die in jener Zeit erfahrenen persönlichen Kränkungen. Dafür gab die dumpfe Betriebsamkeit des wirtschaftlichen Wiederaufbaus in Westdeutschland keinen Raum. Alexander Häusser webt feine Verbindungen zwischen diesem moralischen Defizit und dem Labyrinth seines stillen, aber höchst intensiven Familiendramas. Mit einer in vielen Varianten benutzten Technik, in Nebensätzen und Andeutungen, gleichsam en passant, die Dinge transparent zu machen, bringt er die spezifisch bundesdeutschen Zusammenhänge zwischen Wirtschaftswunder und der historischen Hypothek des Nationalsozialismus auf den Punkt: Dessen Opfer, soweit sie überlebten, hatten in Zeiten des Wirtschaftswunders keinen Erfolg. Alexander Häusser öffnet die großen und kleinen Wunden einer Kindheit und Jugend in lakonischer Sprache, ohne Pathos, mit der Selbstkontrolle desjenigen, der seine Trauerarbeit abgeschlossen hat. Wie der Sohn in Peter Weiss' »Abschied von den Eltern«, dem 1961 erschienenen wohl wichtigsten Versuch der deutschen Nachkriegsliteratur, gelebtes Leiden an den Eltern in Sprache zu verwandeln, hat Häussers Alter-Ego das Wesen von Vater und Mutter nach deren Tod erfasst und sich von deren Einfluss frei gemacht. »Wer *Überstandenes erzählt*«, glaubt der nach dem Tod seines Sohnes seine Lebensgeschichte erzählende Denkmalpfleger Lorenz Hatt in Markus Werners Roman »Bis bald« (1992), »*der übersteht das Überstandene zum zweiten Mal und fühlt sich munter*«. So scheint es auch in »Memory« zu sein. Indiz dafür könnte sein, dass der Übergang aus der psychoanalytisch initiierten Erinnerungsarbeit ins Erzählen glatt und geordnet von der Hand gehe. Dieser Eindruck wird jedoch zerstört, wenn im Laufe des Romans immer öfter der klassische Rollenrausch vollzogen wird und der Ich-Erzähler den Psychoanalytiker analysiert. Darin ist weniger eine kritische Auseinandersetzung mit der Analysearbeit zu sehen, als der Ausdruck von Ratlosigkeit des Patienten darüber, wie die Neuorganisation des Lebens, die auf den Analysebefunden aufbaut, auszusehen habe. Von Munterkeit kann letztlich doch nicht die Rede sein, denn mit dieser Frage bleibt Häusser am Ende allein.

Gefährliche Zwischenräume

Das erstaunliche Romandebüt des jungen deutschen Autors Alexander Häusser

von Peter Henning

Erschienen in der »Weltwoche« vom 12.1.1995
(Abdruck mit freundlicher Genehmigung des Autors.)

Wie ferngesteuert lenkt der Taxifahrer seinen Wagen ins schwarze Herz der Stadt. Aufgedonnerte Kiezmiezen halten die Bordsteine besetzt, kleine Dealer sichten im Schatten der Kontakthöfe ihre Vorräte für die Nacht. Und während auf St. Pauli das horizontale Gewerbe erste Aufwärmübungen macht, hält die Hamburger Yuppie-Journaille ab acht Uhr in dem In-Italiener »Pecino« hof.

Heiligenbilderkitsch an den Wänden, Raststättencharme und an der Decke rotierende Plastikgirlanden illustrieren die krude Verschmelzung neapolitanischen Heimwehs mit deutscher Bierseligkeit.

Mittendrin, im diffusen Lampionlicht der Mann aus Reutlingen: Alexander Häusser, Schriftsteller Jahrgang 1960, seit einigen Jahren zu Hause in der großen kühlen Stadt im Norden der Republik – seiner Wahlheimat an der Elbe. Wie er so dasitzt, vor sich einen Teller dampfender Fettuccine, die Augen in einer Mischung aus schwäbischer Skepsis und juveniler Offenheit leicht geweitet, wirkt er wie einer, der in den falschen Film geraten ist. Eingeklemmt im Schraubstock seines Wissens um die ihm abverlangten Zeitgeistattitüden und das Bewusstsein um den eigenen Part der szenischen Fehlbesetzung, macht er jedoch bald mit klugen Statements zur persönlichen Innenlage mobil.

Häusser – ein schwäbischer Jekyll & Hyde, der sich tagsüber als Plattenverkäufer bei 2001 durchschlägt, um sich nachts in seiner Zweizimmerwohnung, irgendwo draußen vor den Toren Hamburgs, mit Worten die eigene Geschichte aus der Seele zu kratzen. Dass er dabei schon mal Robert Walser ins Spiel bringt, um das eigene Tun zu illustrieren, kommt nicht von ungefähr: Der Mann ist ebenfalls ein Selbsterfinder und ein scheuer Spieler dazu.

Erste Sporen verdiente sich der Nobody aus dem Schwäbischen mit seinem Text »Der Stammhalter«, publiziert in dem 1991 von Walter Jens herausgegebenen Band »Schreibschule«, einer Art Keimzelle zu dem nun vorliegenden, ausgewachsenen Prosastück »Memory«. Ein Roman, der daherkommt als unprätentiöse, literarische Visitenkarte eines geborenen Erzählers; Prosa, deren metaphorische Sparsamkeit besticht.

»Ich musste nicht nachdenken, brauchte kein Stichwort, erfand alles beim Erzählen«, kommentiert der Ich-Erzähler des Romans den eigenen, unkontrollierbar einsetzenden Gedankenfluss. Häusser erzählt die Geschichte eines nicht mehr ganz jungen Mannes, den es gedanklich noch einmal zurückführt an die eigenen, biographischen Wurzeln in der Hoffnung, dort die Gründe für das ausmachen zu können, was ihn – den heute Vierunddreißigjährigen – seit einiger Zeit auf mysteriöse Weise in Form eines chronischen Müdigkeitssyndroms lähmt.

Melancholische Intimität

Da sich jedoch keine organischen Ursachen für sein Leiden finden, beginnt Häussers aus dem Gleichgewicht geratener Protagonist ein unbeirrbares, mitunter schmerzvolles Re-Erinnern des eigenen, bislang gelebten Lebens. Minutiös fügt er auf seiner rückwärtsgewandten Spurensuche das noch einmal in der Erinnerung aufsteigende Geschichtenmaterial zusammen; findet das Grundmuster seines heutigen Leidens und seiner Erstarrung.

Der Beginn einer Retrospektive, in deren Verlauf er das einstige Familienklima des Verschweigens und Verdrängens als Keimzelle seiner Lähmung dechiffriert.

Memory – jenes Kinderspiel, in dem es gilt, mehr Bilderpaare als der Gegenspieler zu finden, um als erfolgreicher Erinnerungskünstler zuletzt zu triumphieren, weitetHäusser schließlich zum eigentlichen Prinzip seines Erzählens. Ob der erinnerte plötzliche Tod des Vaters oder das unerklärliche Irrewerden der Schwester Anne: Häussers Alter ego entschlüsselt das eigene Verhindertsein als sich verspätet offenbarende, dunkle Kehrseite einer Familie, dieaus ihrer Balance gestürzt ist und am Ende nicht einmal mehr die Fiktion von Geborgenheit zu produzieren vermag. Es ist der schwarzweiße, ferne Film der frühen sechziger Jahre, der sich – von aller Patina befreit noch einmal als autobiographische Erinnerungsfolie unter das Erzählen legt und Geschichten durchschmuggelt von betörender, melancholischer Intimität. Entstanden ist eine durch ihre Spätfolgen in Gang gesetzte Ursachengeschichte eines einzelnen, die sich zuletzt – in die Lauge des Anekdotischen getaucht zu einem exemplarischen Erinnerungsfoto fügt; zur Frontalansicht einer Kindheit im Deutschland der sechziger Jahre. »Ereignisse und ihre Entsprechungen gilt es zu finden, Bilderpaare, die man – hat man sie im Spiel oder Leben gebildet – ablegen kann. Erst wenn das Getrennte zusammengefügt ist, hat sich die Sache erledigt, sind die Schrecken gebannt«, resümiert der Mann mit dem lichten Vollbart und der Designerbrille beim Espresso sichtlich gelöst sein schriftstellerisches Credo.

So versucht der längst zum Ausleuchter der eigenen, dunklen Seelenregionen avancierte Ich-Erzähler zuletzt, sich in der Rekapitulation der eigenen Krankengeschichte eine Landschaft zu erschaffen und neu anzueignen, die eine Selbstversicherung wieder zulässt, und sei es auch nur über den Weg der Sprache, über den des Erzählens.

Schwarzweißer Film

Mit seinem Roman »Memory« ist Alexander Häusser ein stilles, imponierendes Stück Prosa geglückt, dessen Kraft in der Beschwörung liegt; Literatur, die in einer ins Innerste ihrer Sehnsüchte vordringenden Sprache aufbegehrt gegen eine total gewordene Unsicherheit und den bedrohlichsten aller Zwischenzustände: den Zweifel an den eigenen Gefühlen und der Fähigkeit zur Vernunft.